阿罩霧將軍

鍾喬——著

晨星出版

【推薦的話】

光輝生長在「宮保第」，一座凝結在歷史時空的古宅裡，腦中常幻化著無數臆想，《阿罩霧將軍》似假還真的情節，於我心有戚戚焉。

——**林光輝（霧峰林家林文察玄孫）**

以魔幻想像的筆墨，穿越霧峰林家悲劇性的時刻。

——**邱坤良（知名戲劇學者、作家）**

隱藏於歷史的暗影，在血與痕之間，在你的文字下，將軍躍身留下了傳說！

——**陳文茜（知名媒體文化人、作家）**

以詩意的語言，刻畫臺灣歷史迷霧中，一個勇敢征戰，不斷追尋，不斷迷失的心靈。以一個家族的命運，隱喻臺灣的命運。

——**楊渡（知名詩人、作家）**

「詩歌，不會是徒然的吟唱。」歷史也不會徒勞地留載紙面；19世紀末系出霧峰林家的大將軍通過詩人鍾喬，向我們訴說他身困的政治迷宮。

——**鍾永豐（知名詩人、作家）**

在太平盛世，詩化的歷史書寫是天女巫言，虛實繚繞，唱一首永世輪迴的歌；在亂世，則是先知預言，起伏跌宕，放一聲警世的獅子吼。鍾喬的《阿罩霧將軍》時隔三十年再版，頗有這樣的況味，巫言還是預言，輪迴亦或警世，霧峰林家將軍的魔幻寫實紀事，彼時或是今日，與這座浮沉島嶼的現實指涉都緊密扣連。

——**許仁豪（深度戲劇評論家、學者）**

推薦序
——根植歷史的魔幻寫實小說

歷史小說作為小說體裁的一種，大抵是遵照歷史事件和人物進行鋪展描述的書寫體，可有適當的虛構，故事主線通常順應歷史發展的方向，一定程度反映了歷史時期的社會面貌。正因為歷史事件、歷史人物早已被大敘述「蓋棺論定」，任何想要對歷史（事件、人物）重寫的挑戰都必須像一個倒行逆施的入世者，一個不計也不懼任何利益、利害的的人一樣寫作，鍾喬在《阿罩霧將軍》的寫作勞動（一九九四書寫、一九九五完稿、一九九八《阿罩霧將軍》出版、二〇二五修訂新版《阿罩霧將軍》），無疑正是把一個抱有幻想的昨天銘刻在人們的腦際——小說的藝術功能。

小說的主要人物聚焦在霧峰林家族長林文察，字密卿，臺灣清治時期彰化縣阿罩霧莊（今臺中市霧峰區）人，霧峰林家第五代的族長，清代著名臺灣籍將領，曾協助平定小刀會、戴潮春事件，並於福建、浙江與江西等地領軍對抗太平軍，最後於福建漳州萬松關不知下落，推定可能陣亡，贈太子少保振威將軍，謚剛愍。彪炳的戰功，致使林文察成為清領時期最高官階的臺灣人——大清提督銜署理福建陸路提督寧鎮總兵。林文察的生平，於是可以輕易地在網絡資料上滑出幾個生命焦點：一、領兵作戰（平定一八五三年小刀會起事）。二、對抗太平天國（一八六〇年）。三、二次援浙（一八六一、一八六二年，阻斷太平軍進入福建）。四、平定戴潮春事件（一八六三～一八六四年）。五、沙場陣亡，屍骨未尋（一八六四年）。

小說的敘寫大致以一八六〇年對抗太平天國的戰事起，依著歷史的脈絡直到一八六四年十二月一日清晨戰死（？屍骨難尋），中間穿插並回溯平定一八五三年小刀會起事以及更重要的是青年林文察為父報仇一事所引發的幽魂纏身。話說一八五〇年，隔莊林媽盛綁架林定邦（林文察之父）族人林連招，而與林定邦發生衝突，致林定邦中彈被殺。十年後二十二歲的林文察乃獨自一人偷襲林媽盛，押其至父親墓前，剖其心為父報仇。由此而發，鍾喬向將軍林文察心靈的探問（幽）何以你（林文察）從來就不是自己命運的主人——在先祖的寓言中，將軍首先會遭逢一位不斷變換面具的鬼將軍。有時，幻化成綁紅頭巾的太平軍長髮大將，有時則變成被他手刃的殺父仇人，再不然便戴上小刀會海賊的猙獰面具——鍾喬引用亞里斯多德名句：「詩，比歷史更真實。」質問小說是要有歷史的依據，或者可以加入作者詩意的想像呢？

鍾喬畢竟是一位詩人，選擇後者意味著作家忠於的應該是他（以文學作為主體的他）的想像，而不是一個假設現實／歷史的短暫情境。語言原本就是魔法的符號，詩人善用語言，後來卻遭到各種文類的耗損，讓語言成為絮絮聒聒的長篇累贅。鍾喬在小說《阿罩霧將軍》動用的第一個語言的魔法是銅鏡，出現在第一章的後段：「這是一面銅鏡，但也不只是一面銅鏡而已……」老漢說：「因為心思愈多愈雜的人，愈可以在鏡中看到自己的命運。」銅鏡作為語言的象徵，是「察覺自己命運再清楚不過的事」，然而銅鏡即便一次又一次的「擦拭」，亦無法「完整」的顯現面貌。於是銅鏡又成為推動情節的「介質」，讓林文察「立志不論如何要將家族的歷史給編寫出來」。鍾喬藉著「小說人物的林文察」意欲「傳達精確的事實（家族史）」，但歷史就像近在咫尺的大海一樣，非得要找到實際能夠觸動人心的事物，幽魂（先祖）之再現就成為不得不然的湧動與一次又一次地撥開歷史的迷霧。

鍾喬自述爬梳霧峰林家武將種種事蹟而書寫《阿罩霧將軍》，乃源於再次閱讀賈西亞．馬奎斯相似主題與人物的小說《迷宮中的將軍》，開篇第一句「將軍，您先歇息了罷！夜已過三更了。」似向《迷宮中的將軍》致敬之語，幽魂之不斷再現也可見諸賈西亞・馬奎斯的篇章，可以毫不遲疑說，鍾喬在《阿罩霧將軍》所展示的語言是根植臺灣的現實魔幻之作，向臺灣歷史叩問的是「歷史可以有點慈悲嗎？」鍾喬並沒有在小說中給我們答案，也許就像林文察之失蹤（或者戰死），或許林文察瀕死之際回應命運會這麼說：這不同凡響的事情，死亡，現在終於來了。

瓦歷斯・諾幹　二〇二五年三月十八日

新序

——將軍，在阿罩霧

剛過立秋。

一場突如其來的豪大雨，彷彿城牆外雜沓的馬蹄，奔騰在簷瓦上。近暮色，宮保第門前的兩株榕樹，枝葉茂密，時間彼岸隱身其間的殺伐，據說恰如聶隱娘般的沉著殺手，隱身枝葉暗影間，從來不在血痕間，留下任何空隙。

夜色，於是在不動聲色間，便突而降臨。剛踏進樓宇的門檻，從簷下往外遠眺，恰見月牙一枚低垂於飛簷之上。猛然間，閃過腦際的一片幻象，恰是踏著簷瓦騰空飛躍而來的將軍，雙頰上塗著一臉鬼魅般的臉譜，穿越黝黑的天井進到廳堂來，嘴角不時抽動著，喃喃重複一句不很尋常的話語，凝神一聽，像似在說著：「媽的，我要怎麼脫離這座迷宮！」

這不是馬奎斯在《迷宮中的將軍》一書中，經由波利瓦爾將軍脫口而出的名言嗎？怎麼會在當下，從飛簷越出的將軍口中啐了來呢！正納悶著時，就聽一旁生於古宅長於大院的光輝兄，帶著幾分酣暢地說：「這宅院，每每夜深時，將軍的鬼魂，都會以不同的扮相現身，說著時間系譜外的魔幻話語……。」

這一夜，我突而明白了。為何有必要書寫《阿罩霧將軍》一書，並將歷史與詩意的想像，聚攏在一座阿罩霧的迷宮中。如此，我有了以下的紀事：

現在回想，對於詩人巴布羅、聶魯達最為膾炙人口的一行詩，仍有難以忘懷的情愫，作用在時間此岸的自己。他說：「詩歌，不會是徒然的吟唱。」我也幾乎跟隨他的這行詩，走進了一座以詩的想像迷宮，堆砌起來的時間堡壘中：在堡壘中央，積累著經年因潮溼與炙熱，交織著多重鐵鏽的赭紅水管，噴著泉水般輕澈的水花，在水池中，竟也激盪著一波波像似也寫著詩行的水紋，恆久地，令人難忘。

恰是在這樣水紋的波盪間，我想起了自己，如何開始對一名在歷史中興衰的武將，興起了簡陋書桌前燈下的好奇，每當一有機會回到孤獨的座椅上，便搶著時間閱讀相關這武將的種種史料。我開始想到如何在閱讀之後，轉而以文字書寫，他起伏如浪湧卻瞬即潮退的生命；那時的我，也突然明白不可能在歷史的框架下，書寫一個迭宕起伏生命活生生的欲望。相關於他對權力的爭奪與爭奪後的困頓，我需要一種書寫的情感脈絡，緊密連接對權力與深淵的想像；或許，恰恰是這兩種互相干葛且極度矛盾的境遇，讓位高權重與狼狽不堪具現的將軍，有著某種眩惑的磁吸力。

我總感覺，無論時間如何更迭，當人與這兩者一旦相扯，則永世糾纏不得脫身。像是米蘭．昆德拉引用尼采的哲學，形容小說裡的人類命運將不斷輪迴時，說的便是：「永劫難歸」。我對這四個字所形構的意象，有一種天下豪傑，似乎皆提不出如何抗拒權力操弄的選擇；卻又同時感受到，且強烈地感受到，這是一種人在意識與潛意識間徘徊的選擇。

因為，是形成於認知深水區域的這種選擇，讓我在三十年前，爬梳霧峰林家武將的種種事蹟時，再次閱讀賈西亞．馬奎斯相似主題與人物的小說：《迷宮中的將軍》。那時，興起了極大的興致與好奇，且告訴孤燈下三更已過的自己，讀下去自有更深的發現，並且以小說的第一句話，作為阿罩霧將軍命運的霧燈，讓涉越險水與礁岸的輪渡繼續開航下去。我因此，記取了馬奎斯在他小說中，開場的第一句話：「混帳，我要怎麼脫離這座迷宮！」。

真是神來之筆。

就這一行，混有動詞、形容詞、主詞與受詞的句子，讓我走進「將軍，在阿罩霧」的迷宮中，溯其源頭，恰是慓悍一統拉丁美洲以對抗西班牙殖民統治的波利瓦爾將軍，在生命的最後十四天，從權力高峰跌落失敗深淵的時時刻刻裡，沿著橫越拉美被內戰切割的「瑪格達萊納河」往下航行，落荒而逃，準備在出海後，航向歐陸，結束困頓的征戰事業與短暫的輝煌戰績。

閱讀馬奎斯總是一鼓作氣，因為緊湊而充滿張力的字句，讓目光在腦海間隨時轉換座標，幾乎來不及一口氣的轉換，就輪到下一章節的情境。可以說，我們在時間的輪轉中，被場景調動的畫面，不斷吸引進遠在時間盡頭的光影間。波利瓦爾將軍，幾乎人人皆知是一位反抗殖民的民族英雄，然而在魔幻寫實的筆法下，搖身一變為活生生的權力支配者，因為幾場因勢利導的戰役，讓他在萬人之上，盡享宮廷高級生活與魚水之歡，從不知抗拒欲求的無限延伸。

然而，這恰也是激流衝撞他生命矛盾之河險灘的時刻；跟隨著權力的浮沉，必有背叛的風暴，在時空的逆向中流轉，來到將軍身後時，恰也是他身罹重病的危殆時刻。書中的一席話，傳神到位，幾乎到了無法另做比喻的境地，說：「將軍是一只枯萎的蝴蝶，在卡塔赫那，他翼動著翅膀，在蒼海的風中，他們輕到幾乎不存在。」我是在想像這只枯萎的蝴蝶，弱不禁風地坐在船頭那支綁著被強烈海風吹裂的旗幟下，望向黃昏暮色下的遠天時，如何與另一艘逆風而上的帆船，超越時空限制地相逢，在這另一艘船的桅桿下，也坐著一位滿目愁容憂心忡忡的阿罩霧將軍，正意圖在一趟最後的航程中，寫下翻轉昔時挫折於太平軍的征伐新頁。

他風塵僕僕，胸口吸滿奮力最後一搏的一口氣。就如我在《阿罩霧將軍》這本小說中，這麼書寫：「『對的。』先祖的鬼魂冷冷的答稱，『你從來就不是自己命運的主人』在先祖的預言中，將軍首先會遭逢一位不斷變換面具的鬼將軍。有時，幻化成綁紅頭巾的太平軍長髮大將，有時則變成被他手刃的殺父仇人，再不然便戴上小刀會海賊的猙獰面具。」

眼前這位是阿罩霧林文察將軍；那位在浪濤風起的視線中，與他錯位遠去的，恰是拉美大陸的波利瓦爾將軍。這樣的想像，催促我以他們各自的航程，來到一條想像中的時空之河，展開將軍的航行之旅；似乎，他們都在未知中預知著自身的死亡紀事。

我在開始書寫，並面對洶湧而來的想像場景時，就這麼憂心著將軍的命運。

九〇年代初期，拮据的中年人生；剛結束報導志業與編輯雜誌的差事，口袋沒幾分錢留存，每月仍須如期奉上答應父母的安家費，更遑論銀行存摺有餘款了！那時，經常偶然的一些外快，來自寫作的稿費，雖然也沒功力掙到談不上的薪資，至少有幾個買一號長壽菸和啤酒的錢；這樣的日子，總難免讓一個中年人，在撫著鮪魚肚感到落寞時，興起多賺點稿費的想法。

寫詩，沒幾個報酬。稿費，也要從天明寄出稿件，等著天黑不知多少回了，仍然在匯款的半途中；於是，有些鼓起勇氣的架式，深呼吸一口氣，在夜讀多回馬奎斯《迷宮中的將軍》之後，興起寫一部相關霧峰林家的歷史小說。我去買了黃富三教授的重要著作：《霧峰林家的中挫》，邊翻閱邊作筆記，留下折頁的跡痕無數。三十年歲月過去，日昨從書架上再次取下這部印刷精美的書冊，泛黃的頁面，留有昔日燈下用鉛筆勾勒橫直線，並有迷離的註解，這足以想像，阿罩霧林家的輪轉歲月，來到林文察與林文明兩弟兄時，家業彪炳如高峰雲天，恰也在命運的激盪中，將他們推入萬丈深淵。讀著讀著，歷史在時間中回返之際腦海中恰興起諸多想像的人物與場景，於是，聯絡出版社後，動筆寫了這部小說：《阿罩霧將軍》……。

下筆後，一件事算是沒搞定，也就是到底小說是要有歷史的依據，或者可以加入作者詩意的想像呢？亞里斯多德的一句名言，常引人深思：「詩，比歷史更真實」。但，就歷史而言，詩卻不能踰越歷史的框架；因此，到底是還原將軍在阿罩霧的歷史真相，又或讓將軍重新在小說中復活，飛翔於想像性詩學的當下？這是逆反中的挑戰，我當時就明白；然而，對詩學想像力的偏愛，卻當真越出了歷史的框架。其結果便是，小說寫好了，但，出版社編輯想的是歷史小說的起承轉合與撲朔迷離，這讓我那紙擺在抽屜裡的書寫合同，在一日間收到「蒸發」的回覆。

形勢比人強。寫作者沒什麼名位與世相爭，想到的倒是：桌燈下書桌一旁的紗窗外，那株偶而在秋日飄下落葉的樟木，引人深思自省，到底自己出了什麼差錯？這個提問，不關乎其他，只關乎提問本身。我想問自己：如何將霧峰林家的歷史，視作歷史大家族中的移民，在朝代更迭與民變起落的錯縱轉折下，化作一顆飛簷下閃過天際的流星；當流星突而在夜空消逝，殺戮或征討的悲劇，如何在一個武將的生命中，倏忽便改寫了一個家族歷史中的某一個章節？

就這樣，那扇兀自開關的庭院紅木門，成為我記憶中，經常與書寫這本小說時，互為動靜的時間廊道，我於是寫下了這部中長篇小說著作的字字與句句，於今回憶，似乎就是所有歷經預知死亡召喚的將軍或戰士們的「永劫難歸」。

現在，那道木門在時間中漸漸逝去，腦海中浮現在進門處庭院地面的是，秋天裡的枯枝與幾些翻飛的枯葉。我喝著午時在廚房沖泡的一杯黑咖啡，我想著冊頁中幾些自己很有感的書寫，在心版上抄錄了以下的一段文字：

先祖鬼魂像在翻閱將軍的記憶一般，逐一細數昔時將軍為父仇而奔命江湖的往事，這席接續不停如韻律詩詞般的談話，說得將軍目瞪口呆……。

抄寫完，我這才發現，距離上一次用稿紙一格一格填寫這麼多的字字句句，竟也匆匆就是三十年時間！一九九四書寫，一九九五完稿，一九九八付梓出版，二〇二四再度思及再次出版之必要。

我心中始終浮沉著——阿罩霧將軍林文察的身影。不稱悲劇；但稱悲壯，尤為貼切！

這時，我不免憶起，在重訪霧峰林家的腳程中，當步伐踏過時間轉折下遺留的高高門檻，氣候變遷下夏日午後炙烈的陽光，在古牆樓面映著明暗跡痕的幻影：穿越將軍前往漳州最後一役，並戰歿於「萬松關」後首建的【宮保第】第三進，我追尋著【大花廳】戲台的蹤影，越過一拱門，但見廳堂前一座福州古戲台，在時間中兀自穿梭的光影中，簷上飛來一隻啁啾的藍鵲，竟在簷蔭下駐足，收斂著豔麗而飛揚的羽翼，往戲台上彈跳了一個短短的瞬間，聲聲婉轉，瞬間飛出高高翹起的簷瓦，消失在雲天之際，留下來的空蕩，變得無聲無響，彷彿準備鋪陳著戲目的最後折轉，讓聲調與逝去的身段唱腔，突而轉進未知的曲式中……。猛地，我竟憶起這部小說中最後的一席字句，上面寫著：

將軍命喪的傳聞雖多，卻永遠無法解釋為何沒人能尋獲他的屍骨。據說在他喪命的那個夜晚，阿罩霧家中，他年邁的母親作了一個夢。夢中有一顆閃亮的流星忽而從夜空降落，而後便殞落在宅院的簷瓦上。

時間中的將軍，三十寒暑過去，驚心地再次前來問候！剛思及重逢的種種陌生，話都沒開口說出，頓覺胸中一陣忐忑不安！我停杵在門樓前良久，跨進一步，卻又止步，恐是近鄉情怯所然，也不自知。

那一夜，抬腳越過【宮保第】大門門檻，走進時間此岸的阿罩霧，身後彷彿有長河若歷史輕聲召喚；回過頭去，就見到夜空朗朗如河般緜延，飛簷上浮現這輪秋月，彷彿天地間盡是無聲的長鳴，讓人在失神，且留詩行……。*

一切，都是鬼使神差；召喚迷宮中的兩位將軍。

鍾喬　二〇二五年二月

＊二〇二四．十．十八「聯副」登載〈我記憶中的將軍〉一詩，收錄於《在時間的長廊中：鍾喬詩選》。

原序

——闖進政治迷宮的將軍

I

這本小說的完成，前前後後花費了一年時間。一開始，廣泛地閱讀了霧峰林家的相關史料，深深陷在史實的情境中，無法釐清一個歷史真相以外的觀點。有那麼相當漫長的一段時間，徘徊在幽暗與明亮交互錯叉的長廊之間，久久不知如何下筆才好。

歷史的真實情境，總是經由後代的史學家逐一證實得來的。霧峰林家作為臺灣史上的一大家族，自不例外。當人們希望透過一部小說來理解一段史實時，經常期待小說依歷史的肌理來形構完成。通常，這就是一般認知的歷史小說。

然後，在我寫這本小說開場的第一句話時，就不是依一般歷史小說的布局的。換言之，我幾乎是將霧峰林家的家族史視作一齣戲的背景而已，在這個具體的背景底下，開始鋪陳想像中的角色、場景、情節以及架構。我相信，當你翻閱這本小說的前幾頁時，已經可以感受到一對充斥著想像之風的翅膀擺動在歷史的蛛絲馬跡面前。

人們常說，歷史的真實活在當代而非檔案裡。當我翻閱霧峰林家的史料時，浮現在腦海中的景象是如何產生反省作用的檔案。在劇場的身體開發中，有一項稱作「鏡子練習」的功課，就是讓兩個人互相模仿彼此的動作。我想，這項練習給我的提示在於：透過別人的身體去看到自己身體的真實，是一件很具啓發性的事情。因為，你的身體既在行動，同時也在行動中反思。這恰恰是我對待霧峰林家史料的態度。換言之，我在整理族群脈絡的同時，也從這些脈絡中看到了客觀的真實存在於對檔案的反思中。而我的反思既是小說創作，想像力的鋪展似乎是順理成章的過程了。

霧峰林家的悲情在於：移民氏族在爭奪土地與水權的族群鬥爭中，捲入了詭譎多變的宮廷政治。眾所周知，在歷史上，清廷雖將臺灣納入其政經、軍事、商貿的統轄領域裡，卻無法有效統御日益繁複的移民勢力，因而採行了收攏在地移民勢力藉以弭平叛反的方針與計策。其結局竟然形成被收攏勢力的悲劇。霧峰林家便是一個典型的例子。

這本小說以林家驍勇善戰的將軍林文察為經緯，鋪陳一個個人及其家族在整個宮廷勢力的籠罩下，無法自拔甚而仆倒沙場的過程。

當官場的大門為武將開啓時，像林文察這樣只懂得縱橫戰場卻不諳文官詭詐之術的人，已經註定得深沉在自己無從充分掌握的格局中了！

林文察是一個闖進宮廷政治迷宮裡的將軍，他的命運充斥著無法預卜的變數。

II

小說付梓，像一齣戲的演出。總覺得無時無刻在面對「缺失」的提醒。我想，這意味著創作是一種永遠未劃下句點的過程……。

一九九〇年，在創作道路的轉折點上，經常飲酒於一家朽舊卻饒富記憶的酒樓。畫家友人周孟德為我即將邁進中年的「飲姿」寫生。我將它拿來當這本集子的封面。

特別感謝孟德兄！

目次

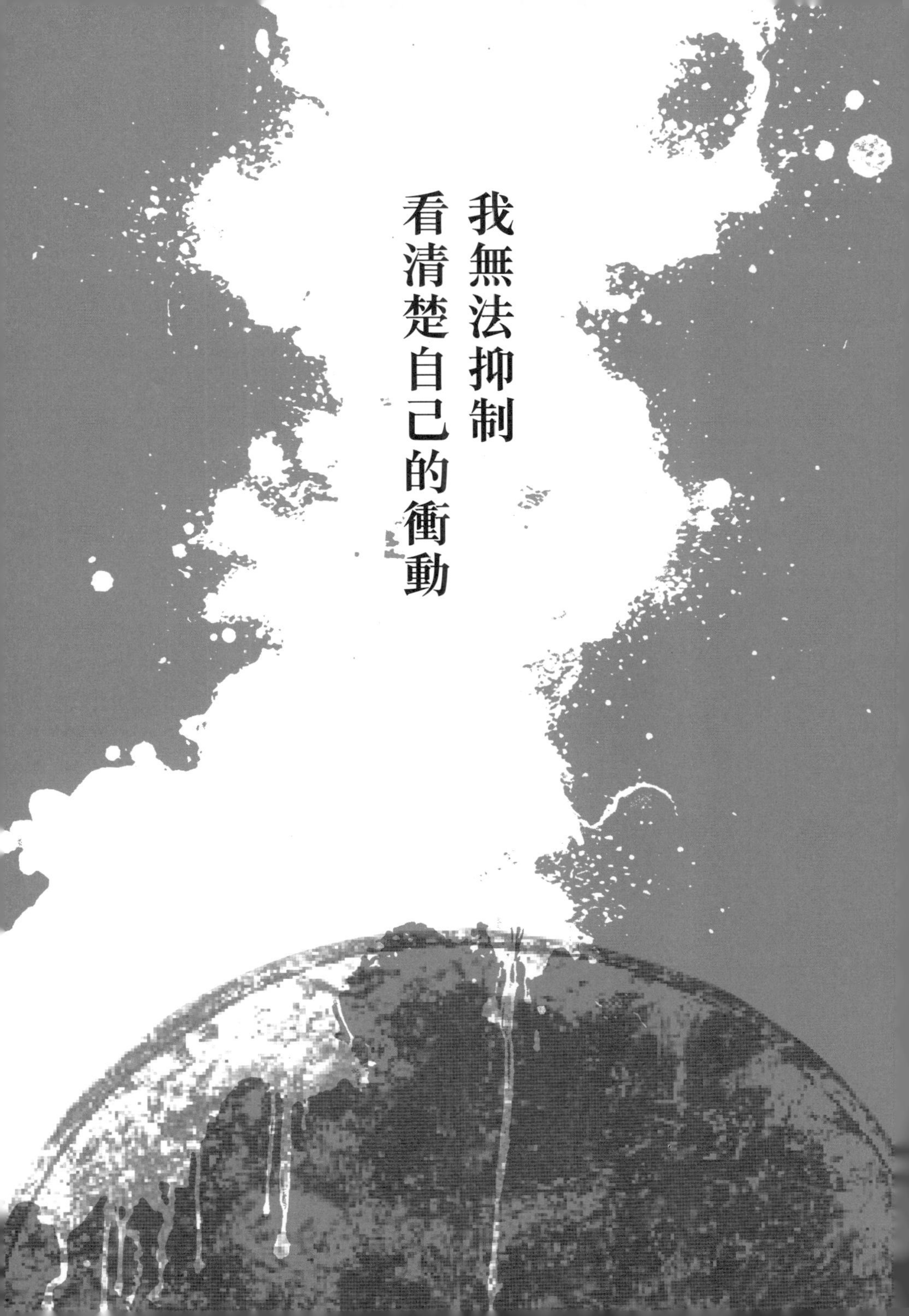

我無法抑制
看清楚自己的衝動

「將軍，您先歇息了罷！夜已過三更了。」

打從將軍踏上征戰的道途，數百個難以成眠的夜晚，李密就像一位忠誠的僕人般，無時無刻不陪侍在將軍的身旁。絕大多數的時辰裡，李密是一個善於解人心意的侍從，除了在將軍深深地憂思起來的片刻，小心奕奕地提醒臉露倦容的對方，是否要喝杯熱茶解解煩悶之外，他是再怎麼心有旁騖也極少表露出有意暫時告退的恍惚神色，更遑論將心思擺出將軍的視線範圍以外。

李密提示著將軍歇息時刻已到，話剛從嘴邊道出，心裡頭便不免悵悔地嘀咕著。他深怕自己是不是也多多少少開始對漫漫無期地服侍將軍，感到某種不耐煩起來。或者說，萬一將軍有意無意地覺察出他竟然以耐心來換取忠誠，那豈不是犯下了無可挽回的誤解了嗎？

「喔！我是說……如果，大人您已累了的話。」畢竟是在戰場和官場之間經歷過激劇磨鍊的隨從，李密隨時都準備收斂起稍稍釋放過度的心情，回到對待將軍最適切的狀態中，即便是隻字片語的關切問候。

「說來也真奇怪！我愈感到疲倦，就愈興起一股看清楚自己的衝動。」將軍說著，鎖緊了他額下那雙散發著殺伐之氣的濃眉，從軍帳裡唯一讓人聯想到雅緻之美的太師椅上立起身來。適時地，一陣和緩的夜風，從帳前那條恍然中夜夜傳來潺潺悲歌的河流裡輕輕襲來，滿室的燭火因而在夜暗中韻律有致地晃動起來，映著將軍一張頎長的身影，徘徊在幽光與暗影幢幢交疊的帳布上。李密輕微地欠著腰身，跟在將軍移動的身影之後，他保持著敏捷的心思，機警地踏著瑣細的步伐，隨時等待將軍停下身來時，將攬在臂彎上的一襲麻質白衫給適切地覆在將軍厚實如牆垛般的肩背上。

將軍剛在家鄉過完三十歲生日，便接奉旨命遣渡來閩征剿蜂起的太平軍，屈指一數，匆匆已過兩年歲月。其實，打從離家的那一天起，將軍便深刻體悟做為一名在邊陲地域因征剿叛亂而名噪一時的武將，固然有其深受鄉里婦孺老幼甚或鄉勇愛戴的充分理由。然而，經驗卻也告訴他，在複雜的宮廷環境中，耍槍弄刀的武行本事，畢竟也只不過是亂世荒年中，朝廷為豎起威靖的旗幟而勤加收攏的對象罷了！

或許由於祖先在拓墾時畢竟發跡於邊境臺灣；也或許，招墾的行動始終停留於邊境中拓殖較晚的中部大肚溪河畔，將軍總是格外敏感於來自朝廷文官監控的目光。特別是前些時日以來，即將轉赴臺灣任道臺職的丁曰健，即便即將辭卻布政使司的職務，但在閩、浙一帶活動的衙門官差們，遠遠地見他從官府前的街道盡頭現出身影時，還是不敢稍稍輕慢地鞠躬彎腰，連聲稱呼著：「丁大人，您好！」恐怕就是挾著這層在官府的文官系統中漫無節制的權威罷！丁大人總會莫名所以地從隱身的官府裡飛傳出一篇接連一篇的「檄文」，直接送達將軍的帳前。通常這些措辭犀利的「檄文」，若不是連篇不息地悖責臺勇弛廢紀律，便是直接指名道姓地非難營部中的某位帶兵將領，犯下貪瀆姦淫的滔天罪行。將軍接此「檄文」，初初不免在慌亂之餘大肆怒責部屬一番，甚則要求嚴加查辦，處以重刑。等到他發現原來地方的文官竟是如此熱衷於編織武將罪行，藉以向朝廷表功的事實以後，便再也懶得在部屬面前興師問罪，免得徒增在營兵面前失信的困擾。

雖然，從此甚少去處理「檄文」中所指稱的罪愆，每回在軍帳裡聽聞消息來報，又有名堂從布政使傳來時，將軍還是會凝鍊起他那張久來甚少露出欣容的臉龐，沉沉地投射出一雙憂鬱有加的眼神。的確，每當將軍鎖起他兩道殺伐之氣深重的濃眉時，身旁的副將們必然會層層地感受到一股森冷的不祥之兆正逐漸地圍攏而來。就在這時，身為隨從的李密心中曉得又該是他出面收拾僵局的時候了。通常，李密總是不忘悄聲靠近將軍身旁，以一種上司所熟悉的親切手勢，輕輕拉動將軍外袍上寬寬的袖口，垂著狀似祥和的額頭，細膩地壓低嗓門，關切地問說：「大人……您還好罷！」每回，這種時刻裡，空氣中總會凝凍著一股僵冷的氛圍，隔了一段空檔以後，善於扮演稱職幕僚角色的李密，身為一位盡職的侍從，又會拿他在官場中屢經挫敗的閱歷，以一個年紀雖不大卻已飽嘗歷練的落拓文官的身分，像對待自己的親族老弟一般，語態很是親和地說：「官場是非，本非武將能左右，更難以在一時之間出現水落石出的結局……操煩怕也是平白消耗精神罷！」一般而言，在聽到如此親暱稱呼的片刻裡，將軍總會有如他鄉遇故知一般，抬起他稍稍釋懷的眼神，凝望著身旁的李密，而後才若有所思地喟嘆了起來……。

就像現在，映著帳內來回徘徊的身影，將軍邊踱著步，耳際便響起了兵勇們嗓門沙啞的吟哦聲；稍遠處，在淙淙流淌的溪水聲中，彷彿斷續傳來流傳於臺灣家鄉的二胡曲式，將軍聽著，心中免不了又是一番激烈的翻滾。他細細地思維著，打從兩年前在臺灣南征兄弟會叛黨、北討小刀會海賊以來，如何一方面備受左宗棠大人直接從閩、浙督府照會而來的關切，卻又在此同時，屢嘗布政使司的掣肘，簡直稱得上甘苦齊湧心頭。做為一名武將，將軍深知自己不諳朝廷複雜的政治運作，但他萬萬沒有想到，竟連與他一同前來親征的同胞兄弟，也捲進了一場炙烈如炭坑的官場鬥爭當中。好幾回了，胞弟為了遲遲無法領到兵餉而在帳前動了肝火，聲稱再如此折騰下去，只有親赴布政使官衙討回公道。將軍也時有所聞，胞弟甚且因鄉里的家屬們遲遲盼不到每月區區幾塊錢的餉銀而在營兵面前幾度泣不成聲，為的是向遠從家鄉渡海而來的子弟兵們深致歉意。

胞弟文明返鄉在即，想到即將整軍渡海的兵勇們，將軍又不免是一番深徹骨髓的慨嘆。離鄉經年，輾轉於血痕綿亙的征途，如今隨文明老弟返鄉的兵馬勇將們，竟不是彪炳輝煌地準備衣錦歸鄉，而是家鄉傳來一波急似一波的亂事。閩、浙征討太平軍的殺伐，已嚴重挫傷兵勇們的元氣，為了餉銀的屢屢延誤，軍紀也已大不如年前，兵勇們聚眾侵擾民家、聚賭、吸大煙的荒唐事，也並非盡是以訛傳訛或刻意中傷。這一切，將軍心中自有分寸，他著急的反倒是既然丁曰健屢施暗箭，又結合巡撫徐宗幹的閩系官僚勢力，在背後頻頻加諸麻煩，軍紀如何得以妥當掌管呢？情況既是這般險阻交加，又如何能教文明胞弟再舉旌旗，在一片內鬥的交纏中，鼓舞家鄉的兵勇回鄉征討叛反的戴潮春亂事呢？

衡諸情勢，將軍原本多慮的眼神中似乎又憑添了幾許蒼悒。然而，從總督衙門裡傳來的討剿催告，似乎也容不得年方三十出頭的壯勇將軍，在善戰的美譽之前稍稍有任何暫緩胞弟舉兵的遲疑。說起戴潮春這個人，將軍稱得上早已熟識有加，因為戴氏的祖先幾乎在相同的年代裡，前後相隨將軍的先祖林石，一起在家鄉大里杙一帶展開拓墾的事業。兩家的先祖輩還曾經共築防禦工事，抵拒來犯的泰雅族人呢！這些事蹟都詳實地記載於家族的史頁裡，就即便是任何一條協力開發過的水圳，也登錄得甚為仔細，早已成為父叔輩親族耳熟能詳的家常閒談。

夜涼摻雜著某種思鄉的悲緒，從曠野暗自襲向軍帳，穿梭在將軍踱步的方寸之間。李密的眼光飄移在將軍迎風甩動起來的寬鬆衣角間，腦海中卻閃動過一張張溢滿著不安情緒的兵勇的臉龐。

「有沒有進一步有關家鄉亂事的消息呢？」埋著沉思的額頭，將軍詢問著說。

「喔！」李密像是逮著了將軍的心思般，靠近身來，恭敬地稟報說，「聽說戴潮春已經與洪欉、陳鱙等勢力合流，形成一股龐大的叛反力量。」

「涉渡暗潮洶湧的險洋抵達這烽火漫漫的戰場以前，在故鄉阿罩霧召集團練時，便曾數度與戴潮春在言語上交過鋒……。」將軍這般回憶著。好幾回在媽祖廟的藻井底下，彼此怒目對視而坐，隔著一盞曳曳的燭火，面紅耳赤地從夜晚爭辯至清晨，無非為了談判家園田業交隔處，一條溪圳的權益到底誰屬的問題。「有一回，」將軍絲毫不費任何氣力便記起來了，「為了家鄉山背的一片荒田，戴家動用了龐大的家族勢力，數度在縣衙中指控莫國家叔霸佔他人田產，並動用武力團團將該片荒田給圈圍起來，家叔見狀，也只好派家勇攜械前去將田奪回，雖然戴家因害怕潰敗流血而撤除武裝，卻從山頭活活將水源給斬絕了！演變成水田一片枯旱的情景，幾乎又導致一場流血的械鬥。」最後，還不是經雙方祖輩的斡旋，在媽祖廟的燭火下展開一次又一次的談判交鋒，幾次談到言語失和，甚且差些便動起干戈來。靜默的回想，讓將軍變得鬱鬱寡歡；然而，話又說回來，家鄉的亂事儘管再惹人憂忡，眼前的困局其實更令人深陷徨彷的愁城當中。

將軍的愁城，說穿了還不是武將永恆的困頓。這些時日以來，每回頓覺心情陷落低潮之時，將軍的眼前便會莫名所以地浮現一堵灰黑的高牆，這高牆盤踞著周旁的空間，層層疊疊地圍困著將軍寂暗的靈魂。每回抬起頭來時，就恍然間瞧見高牆所形成的城垛上映現著一張慘白獰笑的臉龐，喃喃地，像是唸著咒文般地說：

「……畢竟胸無詩書，即無兵甲……。」

將軍當然深刻理解，這都是心理作祟的幻像。然而，在官場中帶兵，難道不就經常處於這種兵甲橫遭虛偽詩書制伏的假相之中嗎？因而，即便是幻象擾人，將軍還是急於在心理上脫困於愁城。他於是花了氣力沉醉在那場讓他備受總督賞識的戰役中。回想起來，剛從家鄉統率兵勇前來征討太平軍之時，在衢州城上的那場戰役，頭一回扎扎實實地領略了逆髮亂賊的殺伐怨氣：披散著及肩亂髮的太平軍，頭繫紅巾，從城池外的沙場如越境的蝗蟲般彌天蓋地撲了過來。遠遠地，只聽聞洪水般的嘩然聲一波波地滾近城來，夕照底下，不到半個時辰，太平軍已經兵臨城下，以火砲和礧石接續不停地轟擊城牆。猛然間，從城垛上往前望，逆賊已經沿著危梯攀上城垛。當時，還只不過官拜邊境參將的將軍，頭一回在烽火中親睹總督大人左宗棠如賭徒般拚搏勝負的神色。那時剛從深宮中接獲任命為總督職不到幾天的左宗棠，做夢也未料到交鋒頭一遭便逢乘勝追擊的太平軍從閩北沿江岸一路殺伐而來。逆賊掠踏而過的鄉鎮，無不感染著一股叛反大清王朝的氣息。然而，畢竟是深諳兵法的文官罷！左宗棠頂著他總督大人的威勢，拚了老命也抵死不肯落荒而逃。當狂沙襲捲著血腥斑斑的護城河時，只見一張高高瘦瘦的身影摒著氣息佇立在城垛的中央，忽地，將軍永遠難以忘懷那幕驚駭萬分的場景，他親眼瞧見一支燒著油火的箭矢「咻——」地射向總督大人的身側，穩準地穿透過粗厲而堅硬的磚牆，在眾將間引起一陣陣怵然的呼喝聲。

眾將呼喝，兵勇的士氣難免遭受挫折。就在那時，他親眼目睹了一粒粒如豆大般的冷汗滲在總督大人的額角上，然而，不動的身影依然撐在殺氣騰騰的敵軍面前。當時身為參將的將軍憑著他曾經在家鄉數度突圍陣前的武膽，也不知是什麼力量鼓舞著他，竟在危急之際一個箭步便衝向總督大人的跟前，跪下身來，朝著汗濕額際的總督昂聲稟報道：「大人！讓我親率臺勇從東側門包抄出陣罷！」

現在回想起來，將軍對於當時自己的武勇，還當真懷著某種惴惴不安的心情。但憑一時之間對總督那副拚搏膽識的嚮往，竟然豁出了自己的性命，衝向壓境而來的敵軍。沒想竟然卻因而解了衢州之圍，讓太平軍誤以為城內兵勇仍眾，未敢繼續越城而來。

命運就是這般神奇，從死亡邊緣回到總督麾下的將軍，便因著一時之間的倉促決定，竟在日後贏得總督大人自始至終的關切與厚愛。非但在給皇上的奏摺中親筆稱譽臺勇善戰，更趕忙批示密文讓將軍從參將躍過副將的職守，直接晉升為總兵之職。

總兵一職，差些就在一人之下萬人之上。將軍連做夢也沒想到，一切臨危的拚搏，竟然為自己帶來如此意外的收穫，短短數個月期間，連連越級晉升，搖身一變成了封疆之吏；然而，星芒乍露，卻不免遭致嫌怨。衢州一役所品嘗到的封官美味，在不久後的汀州戰役中，立即化作一灘灘刺鼻的餿腐味，瀰漫在將軍駐紮的營地裡。簡單說，衢州之役的勇猛善戰，換了時空移到汀州之役時，僅剩「有勇無謀」四個字在官府的閒話中屢遭奚落了！想起這樁連自己都不知如何自處的往事，將軍突而變得若有所思地凝望著帳布上自己映在火光中的身影來。火光隨著帳外襲來的河風輕輕晃盪著，將軍發現自己的身影像飄在夜色中的紙鳶，無時無刻不處於驚惶的狀態中。

汀州城懸吊在惡浪洶湧的峽岸之上，沿著石岸邊的崖壁攀爬而上高聳在雲天之間。去年此時，將軍突而接命攻克死守城內的殘餘太平軍。連續三天三夜的時間，將軍親率四百名突擊精勇，布置三千名遊擊兵伍於後，涉渡濤天惡浪，搶越急流險灘，在急如豪雨的箭矢間冒死攀岩，直到受傷的驢馬因驚嚇與疲憊而發出鬼哭神號的嘶吼聲時，將軍才率將攻克了城池。的確，正如後世的史家所言，在汀州之役，將軍當真是時運不濟。就在他的近身侍衛攀上城峰，將敵人的旌旗揮劍斬落滾滾沙河之際，身後已傳來巡撫大人的緊急通令，明示他立即率臺勇沿江而下，征討下游的昌州城。一場布置得天衣無縫的騙局，就此讓將軍看清楚了命運中無法迴避的淒涼。因為，當他依命出了城門之後，尋常鮮少帶兵的文官丁曰健，卻領著巡撫的令牌，率帶百來名將士，像早已等在城外似地，領著旌旗進入城門，臉上露出得意而兀傲的笑容，當著將軍麾下留守在城內的傷殘將士宣告：汀州從此　屬丁氏在江河北岸的統轄權範圍以內。

「從那一刻起，我彷彿已經能夠體會命運之神善變的性格。」將軍朝著坐在棋桌旁喝茶的李密，如此道出了深埋他心中的抑鬱。

李密只顧側過臉去微微地點著頭，專注地思索著昨夜與將軍互弈時留下的那盤殘棋。

如果說，將軍半輩子征剿亂事的命運恰似鬼使神差，當真絲毫也無誇張之辭。現在，徘徊帳下的他，伸長了疲憊的懶腰，將冷涼下來的左手掌輕輕撫著胡亂長著鬢鬍的下巴，兩眼瞪著架上一具具整齊擺置的兵器，心中突然被某種極度的匱乏所牢牢盤踞著……。因為，直到目前為止，他都未接獲派往家鄉刺探軍情的探子，返來完整地報告關於戴潮春亂事進行的狀況，這多少讓他處於某種不安的狀態中。畢竟，將軍雖以擅於剿滅叛逆而在官場中擢升為熠熠耀眼的武將，但對於兵法中知己知彼的一整套謀略，他卻是愈來愈加在意了起來。

就像往常躑躅於征戰的道途一般，每回將軍逢上焦急等待未知戰況的時刻，便會突如其來地碰上始料未及的事件，令他自己都感到措手不及。

將軍徹夜不眠地在帳下踱步，直到天光將曙時，才昏沉沉地倒頭呼呼大睡起來。黎明時，趴在棋桌上陪侍將軍入眠的李密，在陣陣踢踏而來的馬蹄聲中驚惶地醒來，腦海中隨即閃過軍情探子從家鄉來報的信息。立起身來時，已見二名身著總督衙府官式戰服的武將，高跪在曉光晃燦的帳門之前。李密心頭一陣緊繃，正在思慮著又有何通令如此緊急飛臨而來之際，只見將軍已經換上一張嚴肅的表情，坐在那張雕飾著細緻花鳥圖案的太師椅上了。

總督衙府直奔而來的武將，一席稟告的話語鏗鏘有致地落在雙手捧讀的奉旨上時，將軍恍然已經在破曉的天光中瞧見一顆閃在夜空中的星芒了。總督大人親筆書旨來告，由於現職的陸路提督石棟一舉被告發包庇賊首、收受賄賂和為子買官三項罪名，已通令撤銷其職，待補之缺額，則由將軍直到授命即刻上任。在將軍帶兵的這麼短短兩年的歲月中，從來未曾如此振奮過。他笑著，立起身來，吩咐李密妥善照料來報的督衙武將。沒想，就在他甚感輕鬆地步向來報的武將身前時，卻發現武將中臉容凝思的一位跨一個箭步奪身前來，將握在手中的旨令連同一封私函遞交到眼前。將軍腦際掠過武將凝結的神情，突然一顆浮升上來的心猛地沉落下去，被一股莫名的愁慘迅即包圍了起來。

「總督大人要我親自交給您的密函，請您收下。」武將說著，隨即轉身，步出帳外，等待被安置去休息。

將軍顯得稍許焦慮地拆封了密函，未料卻發現函中不見任何總督大人的隻字片語，僅見一冊薄薄的奏摺疊成書冊模樣，鋪展在眼前，將軍審慎地定睛瞧著冊頁，在紋路雅緻的封頁上，他先是怵然地讀到「治臺藥言」四個字。翻開扉頁，竟然是丁曰健的奏書，將軍心裡噗通地跳著，順勢一路默讀下去，便讀到了以紅墨被特別圈點起來的幾行文字，當中寫著：

「竊見臺灣釀禍已深，加以疊次調勇，臺灣道、府兩庫墊付已空，臺勇知內地虛實，回臺必生異心。健早為隱憂，形諸辭色。」

將軍不難體會總督大人將奏摺夾在密函中快馬加鞭地送到帳前來的一片善意。從總督不提任何隻字片語的暗示，卻刻意以紅筆圈出一段關鍵話語的做法，將軍已能深深體悟一場風雨彷彿已經在軍帳外的天空中隱然蘊釀著了！想著，懊惱著時局究竟是何等險惡？為何夜空中方才閃爍起來的星芒，片刻間，又被層層烏雲給密密匝匝地籠罩起來？將軍自然懂得這又是另一番官場的爭鬥，然而，他卻有些糊塗於丁曰健為何選擇這個時機以呈奏「治臺方針」的手段來攻揭臺勇的弊端？

李密無從掩飾他洞視將軍困惑的本能，悄悄地靠過身來。將軍雙手一攤，順口便說，「這到底是怎麼一回事呢？」而後，滿臉不悅地將「治臺藥言」交到李密的手上。

「還記得罷……。」畢竟是反應敏捷的幕僚侍從，李密眼光掃過圈著總督大人紅筆暗記的一句話後，側過他深思的顏頰，語態平穩地說，「前些時日，臺灣方面傳來圍剿嘉義匪亂的吳鴻源將軍，因剿亂不利，官府上下一致贊成將他立即拿辦……，記得罷，大人！」

「是啊！是有這麼回事……又怎麼樣呢？」將軍有些大惑不解地問說。

「這便是玄機所在了！」

在李密的研判中，左宗棠總督會選擇這個時機以密函飛送丁曰健的奏摺到帳前來，意味著官府中有意讓將軍以提督新職回臺接辦吳鴻源的剿亂事務；但很可能在此一消息傳到丁氏耳中時，引發極度的不滿，即刻以「平臺藥言」一摺向朝廷表達他急欲渡海平息亂事的願望，同時又借力使力貶抑臺勇的戰績。「總督大人圈這席話的意思，便是要將軍明白指桑罵槐的計謀。」李密說，「言下之意……。」

「我充分明白了，不必再說下去。」將軍顯得有些煩躁起來。

思及自身命運不定的未來，將軍變得易躁而且猶疑，像一隻迷失在高原上的花豹一般，心頭倍感倉惶。如果一切正如李密所言，那麼在不久的將來，他勢必會隨胞弟之後回返家鄉征剿亂事。這事雖然符合他繼續在武將仕途上立功的願望，也能藉此機會返回久違的家鄉，但一想到丁曰健一波未了又接一波的暗箭傷及，卻不免亂起陣腳來。「你想該怎麼辦才能免於步上吳鴻源的道途呢？」將軍憂忡地徵詢著李密的意見。

「嗯！」李密知道將軍這一回當真遇著困境了，放粗了嗓門，乾脆直截了當地說，「文察老弟……，凡事還得瞻前顧後，才是上策！」

將軍聽著，兀自步向帳下那盤殘棋前，愣了良久後說：「難道無盡的征伐換來的只是參不透的命運？」

李密似乎知曉將軍的困絕已達極致，並非繼續談論下去的時機，於是找了個藉口先行告退而去，留下將軍一人陪伴著那盤永難了結的殘棋。

漫長的這一天裡，將軍從黎明到日午時分，都一個人呆坐在大帳的席榻旁，兩眼瞪著偶而閃現而逝的蹄聲人影，從帳門匆匆掠過。接近日午時分，他似乎遠遠地聽見沙河之濱傳來兵士們群起械鬧的哄然聲，緊接著，又傳來文明胞弟的斥喝聲。然而，即便兵器磨礪與訓責指斥之聲如波濤般洶湧激盪，將軍卻動也不動地端坐在那兒。既不打算去處理，也不忙著去關切，甚至連去仔細聽聽到底發生了什麼事，都深感力不從心。直到日午時分，帳內的氣溫因天候關係而逐漸上升起來時，他才從僕人送來的餐食中，小心翼翼地在菜餚間端起那杯早已失去了香味的龍井茶，一口氣嚥下一天以來的頭一口茶水。未料就在茶水滑下喉頭之際，他卻突而感覺某種徹骨的孤獨，正隨著滑下喉頭的茶水，一路穿越心、腸、肚腹，直到身體裡再也興不起任何食慾為止。

日午過後，帳外的紛擾聲平息下來。將軍終於下了他數日以來最為積極的決定：暫時離開擾人心神的營區，到市井中嗅一嗅生活的氣味。

午後的陽光，從雲層間斜斜灑落下來，照射在蜿蜒的溪流與山巒之間，布滿卵石的淺溪映著閃閃的晶瑩光芒。此際，將軍依稀睜著一雙勉力霍亮起來的眼睛，撐起一夜未眠的胸背，將一雙厚厚的手掌沉沉地扶在寬闊的腰際。他彷彿感知著帳外絢爛的溪河波光在召喚著，並且穿透著他愈來愈感到疲憊的靈魂。

「我無法抑制看清楚自身命運的衝動……。」將軍兀自低聲喃喃自語著。他隱約察覺自己竟然如此地感到心力交瘁。「備馬！」他朝著帳門口的貼身護衛吆喝著。

在這樣的時辰裡，將軍突然感到生命被撕裂成兩具個體，彼此間隔開如山海般遙遙的距離……。就這樣，他的腦際又掠過那盤擺置在帳下的殘棋，心中自顧地咀嚼著昨夜與李密一席憂忡有加的對話。

走出帳門，貼身護衛已備妥坐騎，並遣來四、五名精神奕奕的衛隊護侍左右。將軍先是全神貫注地撫一撫良駒的鬃毛，而後，回過頭去有些不耐煩地揚著手背，示意衛隊從身旁退去。貼身護衛驚訝地互相凝視片刻，正待關切將軍出門得隨時保持警覺，最好有衛隊護持時，李密卻適時地出現在帳前，連忙以眼神暗示貼身護衛不宜多話。

李密沉默地凝視著將軍，以一種深切的同情，一種對日日夜夜飽受暗箭中傷的武將的側隱之情，望著孤獨的將軍。「就讓這隻傷痕累累的花豹，獨自到野地裡尋找歸宿罷！」李密心頭這般嘀咕著。將軍脫下披在身上的戰袍，遞給在旁一語不發的李密……眾將圍聚在李密身後，默然無語。

將軍的坐騎沿著波光映射的溪岸，順著水流的方向緩緩前行。一路上，他以極其淡漠的神情掃視著營區裡的情景：陣陣炊煙在一座比鄰一座的軍帳前裊裊飛繞，漫散在日午膳後沉寂的野地裡。他因為吸入過多撲鼻而來的煙霧，而稍稍感到暈眩時，卻遠遠地瞧見河濱上躺著一具具昨夜因械鬥而身亡的兵勇的屍身。這情景讓將軍稍些感到不安了一陣子，卻很快便調適了過來。將軍想著：征戰者的命運，有時比畜牲都還不如。

的確。是有一股窒息的感覺短暫地嗆住了將軍的喉頭，直到馬蹄繼續揚起身後的塵土，身旁再也難以聽聞或嗅到任何與軍伍相關的音訊或氣味時，他才鬆了緊繃多時的一腔濁氣。就像少年時期偷騎著家叔僅有的一匹馬在家鄉的後山裡追逐西斜的日光一般，將軍頓感心情變得輕快起來，馬蹄聲從而不絕如縷地噠噠響徹在臨溪的曠野中。於是，在河水盈滿的一處彎折口，將軍心曠神怡地停下了坐騎，認定這是他眺望遠方的最佳地點。他從馬背上伸長起脖子貪婪地望向河的彼岸，彷彿早已將身後的煩惱拋得一乾二淨。

從斜陽漸漸染紅的天際望去，將軍的坐騎恰好攀在一處翻飛著蘆葦的小丘上，他的視線最遠抵達了溪河對岸的一座城門。再往前延伸視覺的領域，將軍在隱約間勉強瞧見城裡的市井中，有幾座搭建起來的樓肆，以及幾些往返的人影足蹤。

將軍抬頭眺望，前方不算遠處的芒草叢裡鋪著一座木橋，導引路過的旅人朝向城門的方向。他拉著馬轡趨策坐騎馳向木橋的位置，馬蹄在暮色中噠噠地響過橋面上時，他猛然間從橋面下淙淙流淌而去的溪水裡，瞧見了自己的一張身影在馬背上搖搖晃晃。停下坐騎，他再次若有所思地探出臉去瞧著如水鏡般流逝的溪河，自己一張陌生已久的臉孔，恰好映在水面上。就這樣，他在橋上愣立了良久，像是在告訴風中翻飛的芒草：難道這就是林文察的面目嗎？是一名武將的樣貌？還只是一名魯莽的武夫？

將軍陷進惑問的困頓中，暮色從天際覆掩過來，讓他的一張臉逐漸在夜暗的溪河裡模糊了！他朝著曠野呼喝了一聲，坐騎奔過暮色的蒼茫，城門已然近在眼前。

薄暮，東城門的樓牆下，一個駝著佝僂脊背的年邁老漢，披散著滿頭亂捲的白髮，隱身在城門下的角落裡……。將軍從曠地裡奔馳而來，一眼便瞧見風沙飛捲的暮色底下，那張兀自在牆角徘徊的老邁身影。對於將軍而言，和老漢在城門下的偶然相遇，一直成為他內心裡無法稍稍忘懷的事情。因為，就在他牽著那匹跟隨他歷經眾多戰役的雄駒，心神恍惚地移身靠向城樓下，想詢問老漢在城裡的市井中如何找尋到一處得以歇腳之處時，不期然地竟發現老漢正忙著以一塊絨布擦拭著手中的一面銅鏡。

「是一面滑亮的銅鏡？」將軍好奇地問，「您磨製的嗎？或是，從哪兒來的……。」

將軍神態恭謹地問著。腦海中不斷閃過方才浮現在溪河上的自己的一張臉孔。

老漢未曾答覆將軍的任何詢問，逕自神祕兮兮地轉過身去。這情景並且愈讓他理解到像他這般從游離中竄升的武將，到頭來無論境遇如何，都抵不過看清楚自身命運這碼子事的無從迴避。或許，恰是出於某種直覺罷！將軍感到老漢手中那面銅鏡，肯定不同凡響。他於是跟過身去，再次表達了他深切的好奇，並以畢生最為恭敬的心神姿態，文風不動地立在老漢身後：「可否請老漢將銅鏡借在下瞧一瞧！」將軍問。

將軍的遭遇就是這般神奇與奧妙，當他向老漢詢借銅鏡之時，彷彿命運之神就站在他的眼前，只是他無從透視。隔頃之後，久久不曾言語的老漢終於說話了！

「這是一面銅鏡，但也不只是一面銅鏡而已……，」老漢說，「因為心思愈多愈雜的人，愈可以在鏡中看到自己的命運。」

就憑老漢的這一席話，將軍已經搭上命運之旅的駁船，準備在驚浪中泅渡起起伏伏的一生。這更讓將軍在未來的日子裡，以蒐集家族中存留或遺失的歷史為職志，立志不論如何都要將家族的歷史給編寫出來。因為，將軍發現他所看到的並不僅只是自己的命運，更形無從規避的應該是整個家族的命運，而他的命運是家史的一個部分。

將軍自然是無比戒慎恐懼地從老漢手中接過銅鏡來。他一度短暫抗拒去接拿老漢以神祕笑容送到眼前來的鏡子，但為了證明自己對命運的追索，並不僅僅如老漢所言，只是一種心思雜亂的表現罷了！他終於還是伸手將銅鏡給取了過來。

銅鏡落到將軍手中，城樓下捲起一陣滾滾的風沙；將軍朝鏡中一瞧，駭然望見一群頭繫紅巾的鬼魂，從鏡底的遠方一路殺伐而來，待他再仔細一瞧時，才又驚覺鏡子裡的鬼魂似曾相識。「啪！」地一聲，將軍整個人一陣子昏眩，將握在手中的銅鏡摔落在地。他突然間憶起這一張張鬼魂的臉龐，不都是他曾經在戰役中砍落的太平軍逆賊的頭顱嗎？

「這位仁兄，你的命中帶殺伐之氣！」老漢說著，臉上泛著某種滄桑的神色。

將軍低下頭去，對於老漢的關注，未曾表示任何意見，他似乎已經多少能夠意會命運的無從抵拒。當他將掉落地上的銅鏡重新拾起時，擰成一團的心結始終抹不去腦際中浮現的鏡中形象。想著老漢的叮嚀，將軍深懼從此處於飽嘗報復苦果的深淵中。然而，這卻沒能阻止他繼續好奇地想探知銅鏡中的一切。於是，他以抖顫的手鼓起十足的勇氣，再將鏡子拿到眼前一瞧，這一回，果真如他所料，一張慘白的臉孔，正在鏡中朝著他獰笑起來。「是丁曰健嗎？」他兀自訝然默唸著，想要再度確認之時，鏡中的那張臉孔已經消失得無蹤無影。

城樓下依稀一片沉寂，唯獨暮色已經變得愈來愈沉重。將軍將拎在手中的銅鏡交還給沉默許久的老漢，回過頭去，遠遠地望著愈來愈灰暗下去的曠野。「命運果真如此折騰人嗎？」低喃著，將軍轉回頭來，想從老漢身上獲知任何相關的對話，卻發現老漢已經煙逝在風沙滾捲的城樓門外。將軍孤獨地站在蒼茫的暮色底下，感覺身後的漠野正無止無盡地綿延到漆暗的遠方，而城門內燈火逐漸闌珊起來的市井裡，彷彿傳來陣陣貨攤的叫賣聲……。喔！他還聽見了酒樓裡傳出的拳鬧聲……還有那隱隱約約飄向身旁的飯香，從尋常百姓家中輕輕遞送而來……。將軍的腦海中浮現起臺灣家鄉市井裡的夜景，他似乎望見了一盞以朱砂墨書寫著「林氏家業」的燈籠，在廳堂的簷廊下隨風飄曳。

將軍決定這就前往尋常生活的場景裡去追索命運的飄渺，或許，將因而得以穿透鏡中如真似幻的景象也說不定罷！他兀自這般垂思著。

一切恍若一場
註定輸不起的殘局……

將軍發現自己醒在一片迷惘中。他感覺接連著四肢的一副軀體精疲力竭地攤在床榻上，深切地體會著某種說不上來的力不從心。他勉強睜開惺忪的一雙醉眼，昏沉沉地覽閱著擺在床榻旁几案上的一幅戰圖。他只隱隱約約記得，昨夜被護衛們扶回帳中，在他一陣子酒後穢言之後，李密曾殷切地叮嚀：文明胞弟返鄉在即，他得在這一日的午後申時校閱部伍，發表一席鼓舞軍心士氣的話語，因而千萬記得將戰圖給詳細研究一番，以便指示將官們如何適時地採取攻防行動，又如何佔盡天時地利的便宜，以便減少損傷。

李密不愧是一流的幕僚，隨時都準備以最為令人滿意的方式服侍著主官。將軍懷著某種感激的心情，這般想著。在此同時，他卻也免不了感到些許的愧疚，愧於自己竟然在深陷茫然時，將靈魂和肉體都一併交由酒精去處理，落得醉酒不醒人事猶不打緊，就連現在要稍稍集中精神想一想戰圖和校閱部伍的事，都顯得極其無能為力。宿醉竟然是如此讓人感到沮喪的一回事哩！將軍深切的體會著藉酒澆胸中塊壘本非一件輕易的抉擇。

將軍從蓆舖上翻身坐起，滿腦子一陣暈惑，他倚著從帳窗口斜斜射進來的晨曦，將戰圖撐在面前，吃力地想編造著一席適合於公開朗讀的言辭，可腦海中卻不斷閃現昨夜在酒樓上的情景。他像是隔著一片荒漠般地將酒樓上的記憶片片斷斷地串接起來。記憶中耳邊響起店小二將軍長將軍短的呼嚕嚕吆喝聲時，他已經接近泥醉邊緣了。接著他神智茫然地拾起酒桌上最後那杯盛得滿滿的白乾時，突然間，一陣蒼茫劇烈地翻湧襲上心頭，誰料到就在那個瞬間，他竟然發現城樓下的老漢手持著銅鏡如幽魂般地又飄現眼前，就坐在對桌的椅子上，朝著他仙風道骨地微笑了起來。

就僅僅是那麼一笑之後，將軍記得他便從此昏醉了過去。將軍現在耗盡心神地回顧著，老漢似乎曾經語帶嘲弄地留下一席話說：「難道這也是看清楚自己命運的方法嗎？」

是啊！多麼嘲諷的聲腔語氣哩！將軍難掩心中的尷尬，想著堂堂封疆大吏竟然醉臥市井酒樓，不免是一翻徹骨的折騰。然而，他似乎更關心自己到底是如何回到營區裡來的呢？又是如何能這般毫無恙然地安躺在自己的這張蓆舖上的呢？他先是猜想著，若不是李密動員貼身護衛循馬蹤前去將他架送回來，便是自己瞎摸著夜路，一路顛顛跛跛地沿著河岸找回營裡來的。而後，便也有些不敢置信地想：「難道會是老漢護送泥醉的我回來嗎？」他實在不敢相信自己竟然狼狽至此，更直覺任何一種方式都有愧於將軍的身分，便也不敢繼續胡亂猜想下去。

沒想，不敢置信的事卻成了事實。這一刻，李密端著一碗解酒的草藥從帳外緩緩移身進來，見著將軍已經坐起身子，正苦著一張臉在研讀戰圖，見著了面，頭一句話便叮嚀說：「大人！您一切就緒了嗎？」

「沒就緒也得就緒……」將軍地搖搖頭，莫可奈何地說：「誰教自己醉倒了……自討苦吃。」

將軍原本無心再去追問昨夜醉酒的事。只是，當李密踩著慎重的步子靠過身來時，他似乎又重燃起心中雜陳著愧意的好奇心，劈頭就直截了當地問：「到底昨晚是怎麼回來的呢？」

「喔！」李密遲疑了半晌，這才伸手從衣襟裡取出揣在懷裡的銅鏡，「送你回來的老漢交代說你會用得上這面銅鏡的。」

想到昨夜一人執意外出，竟弄得不成人形回來，將軍心中雖有歉疚，卻更關切老漢的行蹤。接過銅鏡，睜大惺忪的眼睛，他驚詫地從床上立起身來。「老漢……他人呢？有沒交代什麼……。」

李密只答說，老漢人走了，而後便一逕地直搖頭，一臉地茫漠。

帳子外這時突而響起震盪雲天的鑼鼓聲。將軍吩咐李密妥善保管銅鏡，移身披上戰袍，便走出帳門外，前去點校即將先行返鄉剿滅叛賊的軍伍。

夏、秋之交的日午時分，天邊不尋常地滾過幾響悶雷，河面上一逕襲來陣陣野風。營地為充分配合水、陸兩師的運用，除了偌大的操練場上滿滿插著以寶藍色字樣書寫著林氏臺勇的軍旗外，還在溪岸的渡口處停歇著捲收起風帆的戰船。遠遠地，就能瞧見高高的船桅聳立在水波盈滿的河灣內。在瀕臨河灣的一片草場上，每隔一段距離便架設起一座竹籬構設而成的崗哨，藉以達成防衛的功能。

將軍步出帳門，貼身護衛緊隨在側。他搓一搓惺忪的醉眼，抬頭不經意地瞧瞧風雷悶響的午空。而後，便頂著沉沉的腦門子，硬擺出一股英挺的架勢走向臨時搭建起來的校閱臺。走著，剛跨過營區瀕靠河濱的第一座崗哨，將軍好似突然想起什麼天大的事情似地，將疲憊的眼光投向停駁在河灣上的戰船。他回轉過頭來，一臉嚴肅地詢問隨身的侍衛：「文明副將的船隊都準備妥當渡海返鄉了罷！」

這麼一問，侍衛們都顯得異常慌亂，原本以為如果將軍不特別問起副將的行蹤，大夥兒們打算就此隱瞞住事情真相。未料經此一問，眾將一時都不知道如何回答才好。

「到底怎麼一回事呢？」情急之下，將軍再次詢問起來。

「報告將軍，文明副將天亮時率帶戰船三艘齊赴省城……說是……。」陣前侍衛當中，人稱李鏢兒的年少戰將，鼓起勇氣答話說。

「赴省城？你是說上布政使司找丁大人嗎？」將軍的語氣顯得有些氣急敗壞。

「是。為了討餉銀的事。」

河風陣陣襲來，眾將噤默地陪侍在將軍身旁，走向操練場的校閱臺。

撐起肩上的戰甲，將軍雙手高高叉在腰際，聞風不動地站在操練場前的校閱臺上，河風襲捲著他一頭的亂髮。他站著，像一尊雕像一般，飛髮覆著凝神般的額頭，顯現出某種無可比擬的威風。然而，陪侍身旁的侍衛與將官都打心裡明白，將軍此刻正陷入無言的躁慮中。

從校閱臺上往操練場望去，數千名身著臺勇戰服的官兵像稻稈般整齊排列開來。

稍早，兵勇們早已得知文明副將親赴縣城討回安家銀的事情，營區裡還為此議論紛紛。現在，兵勇們遠遠近近瞧見將軍雕像般佇立風中，身後是一波波盈起的河浪，莫不個個收拾起慌亂的心情，在一股不尋常的氛圍中等候將軍道出他的第一句訓辭。就在這個殊異的時刻裡，操練場的後方突然傳來一陣子的騷動。將軍在剎那間的愕然之後，遠遠地瞧見騷動的兵勇們個個墊起腳尖，朝著他的身後指指點點起來。他猛地轉過身去，這才發現竟然是文明胞弟孤兀地站立在戰船的船舷上，領著數十名兵勇，從校閱臺後方的溪流裡，一路航向前來……。

天空愈加陰暗起來，風雷悶響在河的遠方，將軍凝起他憂鬱的神色，望一望騷動不停的兵勇，垂下亂髮飛散的臉龐，低吼一聲：「解散！」而後，便兀自走下臺去，消失在數千名兵勇的視線中。

午後。雷雨交驟。將軍一腳踏上文明胞弟的戰船時，腦際間猶殘存著幾些醉酒的暈眩。時間在分分秒秒地逝去，距離文明率兵勇返鄉剿亂僅剩不到一天的時間。將軍選擇在戰船上召開陣將會議，多少意味著鼓舞士氣的味道。

從船艙的窗口望出去，將軍隱約望見河流下游的海口處，似乎激起愈來愈形洶湧的駭浪。

「為什麼如此衝動呢？在丁曰健森冷的衙門裡，就不信你不吃虧。」帶著責難的口吻，將軍悶悶地說。

文明副將低垂著頭，悶不吭聲，懊惱地望著擺示在桌案上戰圖。

眾將沉默，像是在等著將軍把脾氣給發完，只有李密顯得神清氣定地望一望盛怒中的將軍。突然間，一聲雷響轟然，將戰船震得左晃右擺起來。

「得罪了丁曰健，往後我們的日子可難過了！」將軍說。

其實，他也深深理解在這樣的節骨眼上，對個性向來衝動的胞弟動了怒氣，肯定只會加深彼此之間的怨懟。但話又說回來，他似乎也毫無選擇的餘地。因為，他的確需要更多的時間去思索如何應付丁曰健的層層掣肘。

一場會議開下來，天已經黑了，風雨卻仍然在河流的夜空上咆哮。將軍走下戰船，文明副將佇立在船舷上，身後是一盞盞驟雨中燃亮起來的火把，將飄搖中的戰船給點亮起來。

對於文明胞弟在風雨中返渡家鄉的事情，將軍始終感到憂心無比。他甚至一度有意發布暫緩航渡的旨命，只是當他想起丁曰健不知會如何誣陷臺勇時，便急急忙忙收起緩渡的念頭，還是讓胞弟如期返航。然而，他的憂心的確如影隨形跟在身邊。就在船隊從河海匯口的地平線上消失之際，他佇立在營地的渡口前，恍然間，彷彿望見陣陣濤天的巨浪襲向船隊，將兵勇們給一個接一個沖到噩海中。當夜，他甚至在一場夢中涔著挾背的冷汗，驚惶有加地翻醒過來。在夢中，他親眼瞧見一張臉孔皙白得像幽魂的身影，身著官服，手持令牌，從駭浪濤天的海上率帶千軍萬馬奔沓而來，將文明胞弟的戰船給劫洗得全軍覆沒。

事實確乎與將軍的夢象也有所迴映。當文明副將統率的船隊穿越黑水溝時，當真遭逢了如敵軍戰馬般奔沓而來的驚濤駭浪，險些就將驚惶中的兵勇給一舉吞噬了！

在風浪中飄搖了三天三夜的部伍，即便最終還是臨危脫了險，未料就在戰船殘喘地浮沉抵臨大肚溪的河海匯口時，一場熱病竟從河流上游感染而來，將士們因而在船艙中病得死去活來，最後連嚥下一口飯的氣力都沒了，更不必說如尋常般順利地將船給駛回家鄉的口岸了！幸虧在臨行前，由於將軍深懼文明副將所率的臺勇們因近鄉情怯反而水土不服起來，特別央求草藥師煎製了數以百斤計的解熱毒湯劑，總算在這危急時刻裡發揮了濟助的功效，將數百名奄奄一息的兵勇，從一場奪命的疾疫中給挽回了性命。

禍不單行。甚至可以說一樁未止，接連又來一樁。就在水師船隊剛返回阿罩霧家鄉時，戴潮春集團的附和黨人林晟，已經將火砲推到渡口不遠處的竹林裡，持續打了數十門炮彈，害得剛從顛簸、疫疾中備嘗艱辛的水師，立即受到迎面的襲擊，險些又臨生死浩劫的關頭。最後還虧家族中向來以驍勇善戰聞名的奠國大叔率帶家勇從槍林彈火中硬是殺出一條血路來，才總算在家門前解了困將之圍。聽到從家鄉傳來的種種噩耗，將軍深覺困頓不已。更讓人沮喪的是：據消息來報，文明胞弟一進了家門後便臥病不起，至今已經有數週之久，兵馬既荒廢於操練場外，又談什麼出兵剿滅叛黨？

家鄉的亂事頻仍，而預期中的圍剿行動，又遲遲未見展開。回過頭來看，身邊的諸多事務也不見得順遂地進行。現在，被遣赴總督衙門遞交上訪信函的差役，跪在將軍面前，正一五一十地稟報關於左宗棠大人的動態……。原本，在將軍的預想中，相當期待差役會多少提及左大人關於臺勇返鄉平亂的事情，或者，即便是隻字片語的提點與暗示，都會讓將軍多少感到欣慰。沒想，在差役的報告中，卻只稱連夜快馬加鞭地飛馳到衙府時，適逢左大人赴布政使司參加一場生日酒宴，只好將信交由官差代收，便敗興而返。

在這封寫給總督大人的信函中，將軍數度提及擔憂文明胞弟返鄉後將遇困境之事。言下之意，就是在暗示左宗棠如果前鋒水師在返鄉時逢困境，自己恰是彌補討剿不利罪責的最佳人選。如今，既然總督大人沒當面表達示令的機會，何妨便自己積極地備戰起來罷！將軍自忖返鄉已是迫不得已，也是遲早的事情了。但是，當他想起總督大人往赴丁曰健的生日酒宴時，心底不免又是一陣子的不悅。他想，這下子就不知丁曰健又會趁機使出什麼暗招，讓左宗棠窮於應付，甚或牽連到自己的命運了。

夜裡，軍帳中因為天候的變化而變得冷涼起來，將軍習慣性地在他就寢之前，沿著帳下以桌椅和兵器架間隔開來的一條曲徑，踱步徘徊。當他花了一段時間走完短短的一程路，又踱回到擺著戰圖的几案前時，生平頭一回毛髮直豎地，看見身著一襲暗灰色的布裝的鬼魂，一動也不動地端坐在他方才審閱著家鄉戰圖的太師椅上。難道……是先祖林石的鬼魂？

關於先祖林石的鬼魂，家族中一直流傳著這樣的傳說：世代以來，每當家族中出現重大危難時，先祖的鬼魂必定會選擇適當的時機，出現在燭火曳曳的祠堂裡，和家中的族長展開一場漫漫長長的對話。這樣子如幻似真的傳言，將軍在年少時曾聽聞父親提及過，但也僅只於是捕風捉影的描述罷了！記得有一回，父親像說故事般地形容先祖的鬼魂在提及族群的械鬥時，變得憔悴異常、臉容枯槁；再提及家庭的命運時，則幾乎難掩抑憤之情地指責起朝廷中的種種是非來。

將軍親遇先祖鬼魂，這是生平頭一遭，不免顯得驚惶失措，就在他冷汗滲滿背脊之際，卻回想起年少時父親口中形容的鬼魂，似乎除了形影飄忽之外，也還像常人一般地有著七情六慾，這多少幫著他稍稍疏緩了心中的畏懼。

過了一會，鬼魂取來將軍擺置在兵器架上的一瓶茅臺酒，斟滿兩杯。先不等將軍接過酒杯去，便仰頭一飲而盡自己手上的那杯烈酒。將軍見狀，也打著哆嗦一口接一口地啜飲著烈灼喉頭的酒液……。心頭才逐漸地和緩了下來。

「家鄉阿罩霧正深陷危困之中。文明所率的軍、馬、船隊無一不停滯在泥沼中，無心作戰。」鬼魂紅著一張暈臉，望著几案上的戰圖，這般說。

「您……您是……在父叔的傳言中，他們都說您是我們林家的來臺祖。」將軍狠狠地灌下一口酒後，整個人感覺放鬆許多，才結巴地說，「他們曾經在阿罩霧家鄉見過您。」

先祖的鬼魂顯然花了相當大的心力蒐集與將軍相關的煩惱。他點點頭，算是回應了將軍關於他的身分的惑問。而後，憂忡地從椅子上立起身來，背過臉去，顯得很是無力地向將軍敘說著內心的預言。「在未來的日子裡，你昨夜在夢中所遇的場景將會如實地具現在你的眼前……。」鬼魂說。

「什麼！」

「對的。」先祖冷冷地答稱，「你從來就不是自己命運的主人。」在先祖的預言中，將軍首先會遭逢一位不斷變換面具的鬼將軍。有時，幻化成頭綁紅巾的太平軍長髮大將；有時則變成曾經被他手刃的殺父仇人；再不然便戴上小刀會海賊的猙獰面具，殺伐而至。「這些人都曾經是喪命於你刀槍之下的敵首。」先祖凝沉著一雙犀利的眼眸，悲切地敘說著。將軍聽著，瞪大了一雙驚駭的眼睛，豎起額前的粗髮，像是親眼目睹著索命的符咒如箭矢般射向前來……。

「非止如此而已！」先祖繼續說，「最要命的是你夢中出現的那個手持令牌的文官，將比你搶先渡海回臺平亂。」

「什麼……您是指丁曰健嗎？命運當真如此捉弄人？」將軍垂下臉去，低喃著。

先祖的預言陷將軍於沮喪的處境中，他從來未曾想像自己竟然如此無可挽回地在踏向噩運之途，雖然，命運已經向他展示不友善的姿態。錯愕中，他昏沉沉地垂思於渺茫的油燈底下，幾度想提起膽識大聲惑問為何竟在躍升提督一職後，禍患卻接踵而來，但還是被自己冷靜地壓服下去了。耐不住躁急的性子，最終他還是壓低著嗓門，詢問起先祖的鬼魂說：「命運到底該如何被參透呢？……問題是，參透了又怎麼樣呢？」

一席自相矛盾的問話，讓先祖嗅到將軍沉落至谷底的怨憤。「命運寫在家族的史冊中。」鬼魂語態沉著地說，「看得清楚自己便看得透命運。問題在於：林家世代人的命運早就被朝廷所決定了。」

聽聞先祖的鬼魂如此一席語帶玄機的話語，將軍直接便聯想到東城門下老漢所贈予的那只銅鏡。他開始想：好幾回了，銅鏡浮現著他命運中鮮血淋漓的際遇，讓他從而懂得去思量殺伐原來竟是如此令人顫抖的一回事。然而，就像鬼魂所說：任何林家世代的命運都和家族脫不了關係。「那麼，我不就像似迷失於航渡中的將軍一般嗎！」將軍這般兀自默想著，彷彿望見自己在河流的叉口上載浮載沉。猛地回首，便望見家族史頁中記載的人、事和景物，幽幽浮現在霧靄的煙波上。再往前瞭望，則是一片迷茫的景象，讓自己無從清楚地觸及。

將軍心亂如麻卻強自鎮定地慎思。沒想，就在此時，耳邊竟響起先祖的頌詩聲，淒切的音調韻和著有些感到陌生的辭語。朗誦告一段落之後，先祖倚著帳窗外悄然灑落進來的一抹月光，瞧著滿臉茫然的將軍。將軍困惑了，持續好奇地詢問這詩歌乍聽像似在說關於先民移墾的艱辛事蹟，卻又有些語焉不詳。「到底是以什麼語言朗誦的呢？」將軍總想詩歌最貼近符咒，會不會又是關乎自身命運的暗示？沒想，這時鬼魂的神色竟轉而變得有些蒼茫起來，並未直接回覆將軍的詢疑，只顧逕自提些往昔的記憶。「年少之時，輾轉驚濤惡浪奔赴臺灣拓墾，誰料一片遠景尚未浮現，就發生了林爽文事變，落得家道因受牽連而衰敗。」先祖神色落魄地說。隔頃，沉溺在懷傷情緒中的先祖，卻又即刻拉開了話題的另一面表示：其實，家道雖受林爽文叛變影響而遽生巨波，卻頗能同情並理解林爽文的境遇。畢竟就像深受朝廷掣肘的各個家族士紳一般，還不都是因為深受壓制，終而將滿腔的鬱憤轉而為一股叛反的力量。最終的結局呢？卻又是由我們這些深懼抵逆朝廷的家庭士紳來剿滅亂反，並稱逆反者為亂賊。

鬼魂這麼說著，將軍莫名地陷落在愁困之中。他多少有些懷疑起自己投身弭平亂事的事業，卻也仍深深眷戀著封疆大吏的權勢。

在片刻的沉寂之後，先祖指著油燈下標識鮮明的戰圖，繼續他語帶感傷的談話。「一切恍若一場註定輸不起的殘棋。」他說。因為，他堅持認為，將軍雖然高升提督一職，但在臺灣的紳族們一方面忙於械鬥，另一方面卻又急於將私仇架恨於敵對勢力上，藉此說穿了還不是為了求取朝廷的庇蔭，更進一步說，便是為了盤佔更多的田地和水源。「但是，回過頭來細細思量，一場場閩、客、漳、泉的械鬥，在流血中獲利的，又是誰呢？」先祖起身，走到兵器架前，輕輕地撫觸著將軍的戰戟，神色冷凝。

將軍似乎已經開始熟悉起鬼魂飄然晃盪的身影了！因為，每句傳到耳裡的話語都顯得那般有分量，似乎是專門為解開心中的疑惑而說的。他心中仍期待著先祖的談話繼續延伸下去。「像我剛剛朗誦的那首描寫移民拓墾的史詩，在生前是絕不會去讀的……，」先祖對將軍的期待心理，深深知悉著，「因為，那是客話，在我有生之年，爭田爭水的械鬥中，客話就好比泉州話一般，總覺得是敵人的話語，不屑去聽它，更別說會讀了！」

「這就是我們家族的滄桑歷史……。」將軍眼光稍稍閃失，鬼魂已然失去了蹤影，但一席充滿嘆息聲調的話語，卻依稀在空氣中徘徊。將軍想著鬼魂朗誦詩歌時的陌生語音，自顧地喃喃默唸起全然不熟悉，甚或不知所云的腔調來。就在這一刻，將軍恍然突而明白起鬼魂到底為何來訪似地，愈來愈知曉自身命運與家庭之間的關係，的確不可分開來看待。他於是踱步朝向床榻旁的那只雕飾著花鳥紋飾的烏木密箱旁，慎重地伸手從箱裡取出那面幾度映照出他困厄景象的銅鏡來。

他失神地凝望著銅鏡，涼夜在帳外分分秒秒地流逝。

隔日清晨，將軍從一場悠悠忽忽的夢境中轉醒，發現腦海中猶駐留著夢裡浮現在銅鏡上的情景：年少時期的先祖，仰著一張稚氣的臉，在暗幽幽的廳堂裡，隔著一支立在神案供桌前的紅燭，靜靜地聆聽著對桌而坐的老祖母，和他談起家族中的一位小叔搭上客頭招雇的帆船，原本想穿越黑水溝偷渡到臺灣，卻不幸喪命在濤天的噩浪底。

「一陣洶湧的浪濤翻了過來，整條船就在轟然巨響中裂成兩半……。」在夢中，老祖母這麼說，「船上的人沒來得及嘶喊一聲救命，便都掉落到海裡了。」

「什麼……。」少年在將軍的夢中一聲驚呼，「那麼小叔呢！」

夢中浮現於銅鏡中的景象，宛如發生於將軍身上的真實際遇般，即刻如影隨形地附著在他的心版上。

將軍難耐內心的激盪，滿懷興奮地召來李密，慎重其事地與對方談起夢中的鏡像。李密先是半信半疑，但也不願意掃將軍的興，一如往昔般從頭到尾聽完將軍的傾談，直覺夢話在當下也成了命運的索引。要命的是，就在那以後的幾天幾夜裡，將軍無論是在晨起操練完兵勇們他自己最拿手的火槍絕活，或者日午時，在烈陽下親閱完水師的兵術，甚至在就寢前的一盤弈棋中，他都會不減初衷地與李密談論起有關夢境發生之前先祖鬼魂來訪的事情。「一切恍若是註定輸不起的殘棋……。」將軍會以一種自我解嘲的口吻，不帶絲毫憂傷地重複著鬼魂曾經悲默地向他轉述的話語。

如果李密沒有記錯的話，那麼將軍最常掛在口頭上的另一席話則是：「命運早已寫在家族的史頁中了……。」李密驚訝地發現，當將軍這麼說時，好似深有領悟似地，總是仰起頭來，凝望著吊掛在軍帳內的那面以朱砂書寫著「林」氏字樣的戰旗。

於是將軍央求李密從軍旅的舊倉櫃中翻找出唯一的一部家史來。「這是穿透命運帷幕的唯一法寶。」撣著書頁上飄散開來的灰塵，將軍這麼說。如此，不捨晝夜地，將軍像一個在異地死命地懷念家鄉的遊子一般，只要任何靜得下來的片刻，便捧讀著手中的家史，逐句逐句地圈讀下去，從來未曾感到倦怠。

夜夜在燈下翻讀家史的將軍，幾乎忘卻了發生於衙府中的種種事態。至於，家鄉阿罩霧的亂事，除了偶而聽聞探子回報烽火已燒向故鄉時，會稍稍皺起眉頭，憂慮那麼一陣子之外，似乎也不再像先前那般令他寢食難安了。

他甚至愈來愈草率地處理著操練兵勇的一碼子事。各路的領軍看在眼底，難免議論紛紛，進而演變成少數軍伍自行解散，拆下戰船的旗幟，趁夜偷偷返航臺灣的違紀事件，逼得他直嘆這也是命運中帶劫難的一環，不得已只好下令操斬幾位帶兵不利、有意潛逃的陣前領軍。

然而，這些突發事件卻絲毫未曾改變將軍探究家族命運的念頭。某一天，日午時分，水師船隊在波濤盈滿的河浪中逆航上行，正準備操演排在行事曆上的登岸作息時，在烈陽底下滿臉曬得通紅的將軍，竟失了神似地，忘記發放搶攻的旨命。一旁的水師副將，剛接過文明副將遺留下來的差事不久，慌亂中也摸不著頭緒，只能滿頭霧水地瞧著將軍，久久不知如何是好。很有一陣子，將軍只是以一種專注有加的神色望著濤濤流逝的濁水，不發一語。終於，還是李密機警，見狀趕緊挨過身來，拉一拉將軍戰袍的衣角，這才讓將軍忽地回過魂來，猛搖頭，並稱自己因染熱病以致眼花撩亂，藉口就此結束當下的操練活動。

「李公，請隨我回帳中去罷！」轉過頭去，將軍朝一旁的李密使了個眼色，很禮貌地說。

「喔……將軍，您不舒服，我扶您回去休息。」李密為將軍解圍地說。

李密打從心底明白他正處於熱衷研讀家史的情態中，根本無心去面對操兵之事。在這個微妙的時刻裡，將軍對於牽繫自身命運的家族歷史，顯然發生著遠比處理官衙鬥爭更形高昂的興致。

「昨晚一口氣讀了數十頁的家史，直到三更時，我正準備就寢，沒想雙眼剛一閉上，先祖少年時期的形影竟浮現在腦海裡。」將軍說著，瞪大了他驚喜的眼睛。

揩著額頭上米粒般碩結的汗珠，將軍已經整個人沉浸在家族歷史的氛圍中，逕自繼續口沫橫飛地談著家史中關於移民拓墾的記載。李密當然還是最忠誠的聽眾，即便腦際一片昏沉。的確，日午時分的軍帳，因為悶燒的關係，溫度節節上升，酷熱有加，這卻絲毫不影響將軍的談興。就在這個並不是讓人感到很舒適的時辰裡，李密突然接獲一項沉重如山的使命。「李公……，」將軍以一種有所央求的口氣說，「我感覺我的家史太缺乏想像力了！」將軍的這席話在熱烘烘的軍帳裡蒸發著，直讓李密感到咋舌。

「這怎麼說呢？將軍，您不是正讀得興味盎然嗎？」李密一臉困惑地問說，「將軍，您……。」

「嗯！」不待李密繼續說下去，將軍急忙解釋著說，「我想以另一種文章的體例，將家史做一番翻修。」

李密幾乎無法置信將軍這突如其來的轉變。最令他感到錯愕的是原本連一紙公文都懶得親自翻閱的將軍，竟然會變得如此熱衷於讀起家史來，於今夜夜不眠地翻讀史籍猶不打緊，竟然還以想像力不足來評斷家史的內涵。「將軍，您的意思是……。」垂著一張沉思的臉，李密問說。「對的。」將軍的回答肯確而簡短，「從今以後，由我來口述，你來記錄，我們寫一部比較有意思的家傳。」

「比較有意思……將軍，您的意思是……。」李密仍然無法意會過來。

「就是比較生動的，有人物、有情節……唉！該怎麼說呢？」

「喔！我明白了。將軍的意思是像《三國演義》、《水滸傳》……一類的，像話本或演義一類的嗎？」李密語帶疑惑地問著。

「嗯，大約就像那樣……但也不盡然就是那樣……。」將軍走向李密身前，點著頭又搖搖頭。

「但，那就不算家史而是話本或演義了！」李密憂心地撫一撫亮滑滑的前額。將軍只差沒有說出管它什麼家史或小說的差別。他心裡頭想，反正就是得和衙門中流行的那套文體有所不同。那麼，該有何不同？又如何不同？至少，為了滿足他經常以奇招在戰場上制勝的想像力，家傳應開始於先祖年少時的一場夢境。就在這個念頭徘徊在他腦海中不久之後，他向李密描述了他想像中家史開場的情景，而李密畢竟是個敏銳的觀察者，他立即感受到這是在反應著將軍的親身遭遇。「無論如何，將軍腦海中的家史會是充滿著七情六慾的罷！」李密這麼想著的同時，幾幾乎已經能夠描繪出一部充滿將軍內心世界藍圖的林氏家傳來了！而在心中愈來愈有分際的同時，李密也發現了長久以來棲息在將軍臉上的憂愁，正像蛻脫的樹皮一般，一層又一層地剝落了下來。

就這樣，有時是清晨的公雞剛在溪畔啼過了半晌；有時則選擇在傍晚天侯逐漸冷涼下來之時，李密的唯一任務便是備好筆、硯和一整捲完好的宣紙，坐在帳下新搬置來的一張原木桌前，以他過去根本就沒曾嘗試過的筆法，替將軍記寫起一則又一則的話本體傳記。

事實上，曾經也有過好幾回，李密換上一張很是疑惑的臉孔，認真地詢問將軍到底是想寫家史或寫話本？通常，當他如此惑問時，總是接著又問：「這恰當嗎？」在發生這樣提問的時刻裡，將軍卻又逕自裝作一副若無其事的模樣，只是輕描淡寫地說：「總之，我早就厭倦了官府那套格式文章了！」遲疑了一陣子之後，他又會將披在身後的髮辮俏皮地捲在脖子上，拉高了嗓門說，「就算是我這個來自邊陲疆域的將軍的文體好了！」

回顧起來，李密倒當真有些難以相信這將軍式文體的家史，是開始於一場虛幻的夢境，並且從此虛虛實實地一路發展了下去。

「就讓我們從先祖年少時期的一場夢開始罷！」記憶中，將軍望著平擺在他膝上的那部厚厚的家史，敦促著說……。

而現在，端坐在整齊擺置著筆、墨硯臺的原木桌前的李密，正趁著將軍因絞盡腦汁而疲憊不堪地呼呼睡去之際，備嘗艱辛地校閱著連自己都感到陌生的文體。

攤在桌面上的宣紙，以工整的墨跡如此寫著：「康熙末年，天下亂事叢生，閩南一帶尤其荒年欠收，賊寇流竄，在此天災人禍頻仍之逆境當中，沿海一帶莫不興起一股遷徙臺灣之風潮……。」

將軍打了個盹，匆忙轉醒過來，稍稍甦醒之後，接著問說：「剛剛我們進行到那裡了？」

「哦！」李密微笑著答說，「進行到先祖年少時的那場夢境。說他經常在夢裡泅渡過暗濤洶湧的黑水溝。」

「是的。」將軍深深地吸了口氣，繼續說，「從那以後，少年先祖終日沉浸在渡臺拓墾的夢想境界中。」

將軍的生活突而起了巨大的變化。至少，在李密的觀察中，已有很長一段時日陷於落寞情境中的將軍，像是一舉揮去千萬層憂煩似地，變得愈來愈是健談起來。每每只要口述家史的時辰到來，他便有如市井中專擅於閒扯稗官野史的相士一般，滿心喜悅地啜飲著僕從端放於烏木矮几上的熱茶⋯⋯。不久，一席席充滿著想像力的家史情景，便也躍然於李密的記載之中。

譬如現在，李密趁著夜晚就寢前的這一刻，再次審閱著先前將軍的口述。他發現白紙黑字記載著一則接連一則的情節，而他的腦海中也浮現出這樣的場景：

「是日。少年時期的林石在家門口的街坊上戲耍，突然間，街坊盡頭的米舖傳來了陣陣的人聲騷動。少年拾起丟落在泥地上的羽毛毽子，一眼便瞧見愈來愈多鄰里叔伯朝騷動聲嘩然之處圍聚而去。他好奇地尾隨雜沓的腳蹤人影而去，遠遠地，便聽聞人們七嘴八舌地談論著，在混雜的談話聲中好似傳來『臺灣一切都很好嗎？』『墾地遼闊又很肥沃罷！』一類的話語。走近圍觀成群的人眾，少年挨著大人們的腳縫底，費了很大的氣力終於擠到了前頭。這時，他瞧見了一位滿臉鬍渣的叔輩，正甩起他繫得鬆鬆垮垮的髮辮，向圍觀的大夥們轉述渡海至臺灣的近況。『想到臺灣尋求財富的人，請到阮黃府來……手頭緊的人，只要帶祖業契字來畫個押，就行了……賺夠了家產，再來贖回去。』他這麼大聲吼著說。

日午時分的街坊經過一陣子的嘩然之後，圍觀人眾逐一地散去，米舖門前落得和先前一般地冷清，只剩少年睜大他一雙烏溜溜的眼珠子，有些茫然與迷惑地抬頭望著身前那張頎長的身影，在午陽下低聲呢喃著……。

『阿叔，』少年林石怔忡地尋問，『你帶人到臺灣去嗎？』

『是啊！』中年漢子回答著，臉上露出某種調侃的笑容，『你也想到臺灣去嗎！』」

隔日清晨，天剛灰濛濛地亮起，李密由於昨夜睡得晚，猶緊擁著席榻上的薄被單，縮著腰身在自己的帳中沉沉地睡著。沒想，帳門前的第一線曙光淺淺地淌進帳下的席榻旁時，將軍的蹕步聲已經在帳前來來回回地響了起來。睡意酣然的李密畢竟對將軍的一舉一動警覺有加，昏沉沉中一聽是熟悉的腳步聲，隨即起身前去將帳門給輕輕拉起……。

「是將軍嗎？怎麼起得這麼早呢！」李密揉著惺忪睡眼，陪笑地問說。

「喔！真是叨擾你了……，我……我很想聽你談談昨夜那段家史的意見。」將軍對於自身的唐突，除了結巴之外，還有某種說不上來的羞慚。

「將軍，請不用如此客氣……。」李密拉開帳門，邀請將軍入帳裡來。

將軍見李密對自己突如其來的干擾，並未隱瞞任何斥惡之感，隨即興致沖沖地談起他一夜未眠，盡是想著該如何接續話本情節的事來。

「我想……，」將軍沒等李密為他挪來坐椅，便拉開了話匣子，「在街坊的米舖前見過黃姓客頭之後，少年先祖會將他夢中的臺灣景象轉告給老祖母聽。那以後的數個夜晚，少年每每發現老祖母一個人孤獨地守候在廳堂的神案前，望著搖曳的燭火，獨自陷入沉思的情境中……。」

「將軍……請等一等，我該備紙、筆和磨好墨……，再請您從頭來一遍。」李密弓著腰，慌忙地移著身子。

「喔！李公，就請您先歇著吧！我只是說說自己的想法，請教意見……。」將軍說，「並不急著寫下來……。」

「是這樣子嘛！也好。」李密鬆了口氣，搓搓半醒未醒的一張臉，「這段聽來像距家傳中的史實不遠哩！」

將軍聽李密這麼一說，一顆飄浮的心總算沉穩了下來。因為，他一直憂心著想像力的過度渲染，恐將讓筆下的家史因偏離了史實以至於無法照鑑家族的命運。「對的。就是要讓家史既有您說的話本的生動情節，更要接續上史實的真相。」將軍連忙補充說。

「這麼說來，依家傳的記載……。」李密接續著將軍的話題，將記載於家傳中的史實複述了一遍。在記載中，老祖母既欣慰於先祖林石的渡臺之夢，卻又憂心噩兆的再度降臨，林家的苦難當真稱得上禍不單行。因為，就在這之前的數個月，老祖母鐘愛的么兒子，也就是先祖的小叔，便是在橫渡黑水溝時，因遇風浪而隨船翻覆溺斃於濤天駭浪中。

「這段史事的記載，應該可以添加更多生動的鋪排。」將軍提議著說，「其實，也不一定就是幻想。正像我的實際遭遇一般。」

李密對於將軍的這項提議，似乎頗感興味盎然。至少，將軍會忽地又變得如此熱衷於運用幻想，這當真是一件令人感到訝異卻又欣慰的事。「或許，這也是一種從現實夾殺的困境中抒解出來的方法罷！」李密這麼自顧自地想著。

「所以呢？」李密皺起雙眉，認真地問說，「將軍的意思是：少年時的先祖會遇上……。」

將軍見李密不敢肯確地繼續說下去，忙著接上話表示：「正是要讓先祖和先祖么叔的鬼魂，發生一場偶而的相逢。」

「如何呢？」

「我總以為你會問『為什麼？』哩！」

「恕我直言，」李密一雙凝眸望著將軍，「不瞞您說，我想……將軍重修家史的目的，如果我沒意會錯的話，只是在解開糾纏您心中的盤結，是罷！」

將軍背過臉去，沒有直接回答李密直指他內心深處的詢問。他只是繼續想著李密果然對於他和先祖鬼魂相逢之事，有著遠比一般迷信中的鬼魂更形深刻的瞭解。就因著對李密的認知愈來愈加親近，將軍鼓起十足的信心，以他因過度思慮而顯得稍稍沙啞的嗓門，開始敘說起少年先祖和小叔的鬼魂相遇之事。在他早已經過腦海整理、布局的一段鋪陳中，有以下的一段描述：

「……就在鄉里中盛傳著曾在橫渡黑水溝時，親眼目睹搭載小叔的帆船翻覆於惡浪般的水域之際。一天夜裡，失蹤的小叔魂魄回來尋找老祖母，在燭火曳曳的廳前低聲傾訴渡海悲歌……，那以後，在故鄉的夜戲臺後……少年先祖離鄉為病臥的父親尋藥方時所投宿的客棧中……在登高眺海之際……小叔的鬼魂都會前來與少年先祖相見……。」

將軍顯然對於自己這一段描述感到十分滿意。他開始得意地想也不是只有朝廷中的文官，學著通篇拗口的駢麗詩文，才寫得出有感情的文章來。的確，就連李密也多少驚訝於如此富細膩思維的文采來。「有些情境，事實上能予以進一步發揮……，李密見將軍在興頭上，便也乘機表達了他的才情，「譬如，可以在戲臺後的場景多做些描述，加入唱戲的身段、戲臺的模樣、人影及起伏的唱腔；又譬如在異地的客棧裡，也不妨讓鬼魂隔著暗影幢幢的紙窗，和少年先祖談起荒寨、梅花鹿、墾地以及與蕃人為爭地而搏鬥的事蹟……。」

將軍回過頭來，以一種無比欣悅而欽羨的目光瞧著陷於沉思中的李密。當他聽聞李密以低沉的音調像頌詩般談著荒寨、梅花鹿和殺伐時，彷彿自己便處身於先祖少年時的情境中一般，以一種遙遠的夢想在想像著拓墾時的種種遭遇。「但史實中不也記載著有關濕漏船導致滅頂事件頻生……還有瘴癘之氣奪人性命的災噩嗎？」將軍突然轉而哀矜起來。

「說得也沒錯，這就是先祖的小叔會遇難的主要原因啊！」李密提醒著說。

「那麼，接下來如何繼續下去呢？」將軍困惑著，「家史中似乎只寫到小叔橫遭厄難卻未曾阻止先祖渡海的意願……如此而已。」

時間對熱衷於家傳討論的將軍和李密而言，似乎飛逝得特別快速，幾些談話剛上興頭，日午時分已到。李密見將軍很想繼續下去，卻又多少被帳外營區裡響起的咚咚鼓聲給打斷了心緒，索性勸將軍暫緩休息一天半載再說罷！畢竟，營地裡傳來的鼓聲並非尋常練兵時的節奏，而是帶著某種催魂的急迫感。

幾天前，將軍接獲從衙府裡傳來的內部消息，聲稱總督衙府最近正為臺灣亂事擔憂不已，左宗棠原本有意批摺敦促將軍即刻返鄉剿平動亂，卻備受巡撫方面的刁難說道：朝廷遣派林文明返鄉平亂已有數個月時間，非但毫無戰績且風聞倦勤之說，由此足見臺勇之組合猶如一盤散沙，根本不堪叛軍一擊便紛紛潰散；如今，又要提督率臺勇返臺平亂，豈非自亂朝廷方寸等等。徐宗幹巡撫據傳在抨擊臺勇征戰不利之餘，進而力薦由即將赴臺任道臺職的丁曰健率將剿亂，相信更能操勝算。

這項消息，由將軍在衙府中的好友，託人前來轉告。一席傳話沒來得及說盡，他已經不耐煩地從坐椅上彈跳起來，一臉的惱然。這些天裡，在軍帳內外專心尋思家史寫作的將軍，每一有機會思及這些煩心的事務，便有如在一場噩夢中遭刺骨北風侵襲一般，直讓已有一段時日專注於運用想像力寫作家史的自己，再度陷落在焦躁的現實處境中。雖說經久地在征戰的道途中飽嘗人生的勝敗起伏，面對突如其來的重大挫傷，不難想見又是一番朝廷鬥爭的暗箭攻揭，只好硬著頭皮將場面給撐下去，相信最終還是得以說服總督大人讓自己返鄉平亂。

然而，現實畢竟有其殘酷的一面，關於這方面，將軍似乎變得愈來愈是心裡有數。如此的情況下，將軍心想，為免讓丁曰健的陰謀得逞，只有先行在軍伍內部進行整頓，以嚴刑峻罰來喚回喪失的軍紀，進而爭取總督大人的支持。在這樣的前題下，頭一波的懲處行動便是將一批曾經預備潛逃回鄉卻遭識破的將官和兵勇，在公開的場合中逕行斬處。

曠野裡陣陣響徹雲天的咚咚戰鼓聲，在將軍聽來，宛若飄灑茫茫天地的催命符一般。他一椿念頭閃過，想著自己竟是灑下催命符咒的人，心中的複雜，簡直難以語言來形容。

雖然如此，將軍畢竟還得扮演軍令如山的執行者，這一點，他是再怎麼說也得奉行到底的。就在他步出李密的軍帳外頭時，不知是基於深懼親信識穿他心腸軟弱，還是害怕從此在熟人面前背負起殘暴不仁的罪名，將軍還是以手勢示意對方留步。「就留在帳下繼續想一想如何虛構未寫完的家史篇章罷！」他說著，頭也不回地往鼓聲響徹的方向昂首前行而去。

將軍一臉肅容地端坐在刑場上臨時搬來的一張桌案前，望著跪落在地的一張張背影被曠野裡的狂沙呼呼地吹襲得形色踉蹌。圍觀的兵勇們將行刑場四周擠得水洩不通，眼神中透露出摻雜著索漠、恐懼、怨恨……等種種難以正確形容的情緒。將軍鎮定地冷咳嗽了幾下，示意在場的副將準備宣讀罪行。副將拉高沙啞的嗓門，在狂沙疾襲的曠野中，吸足中氣斬聲宣讀問斬者的罪行。日午時分，圍觀的兵勇只彷彿聽聞風吼中傳來：「……陰謀叛反……處以極刑……。」幾句話，鼓聲便驟然間止息下來，整個刑場於是陷於死寂的緊張狀態中。這時，曠野裡的風沙也逐漸停息下來，將軍只輕輕撫觸著他微微長出鬍渣的臉頰，不假思索地便將握在手中的令牌給擲往沙塵揚起的刑場前……。

將軍敏感地摸一摸頸背，十數顆血肉模糊的頭顱在沙泥上無聲地滾動。他抬起頭來，望望遠遠的藍天馳過一行野雁，漠然地想著：在戰亂的年代中，生命當真如此不由自主？唯有飽嘗流離之苦，甚或成為刀下遊魂，才得以回返南方的島嶼故鄉。

是夜，處理一場鮮血淋漓的斬行後，身心俱感疲憊的將軍，在幽暗中點燃了帳內的一根燭火，忍不住內心的召喚，還是趨使侍衛請來李密，繼續家史的編寫工作。「李公，你有何進一步的構想沒有呢？」將軍垂頭踱步，睜著一雙布滿血絲的眼睛。李密沒答腔，只在一旁猛搓著手掌心。

「我想……。」正當李密想勉強擠出一席不成系統的構想來之際，軍帳下的燭火突而明明滅滅的輕曳了起來。將軍見狀，猛地倒抽了一口寒氣，整個人倏忽驚覺起來。一陣夜風颼颼地襲過帳門，李密與將軍幾幾乎不約而同地發現先祖的鬼魂已經悄悄地倚在帳下那柄被磨得油亮有加的木柱上了。

李密見狀，不禁踉蹌地倒退了兩步。還是將軍已有心理準備，連忙以眼神安撫了陷於失措狀態下的李密。「先祖，我們正為不知該如何描述您少年時的渡海境遇而憂心不已哩！」將軍朝著飄飄忽忽的先祖鬼魂，恭敬地說。

「那一年，我還是個十六歲的少年，」先祖的鬼魂不假思索地走回記憶的場景中，

「就在和冤死海難的小叔鬼魂有過許多回的相逢之後，我決定冒著生命的危險潛渡臺灣尋找拓墾的土地。相當令人訝異的是，在我終於鼓起勇氣和年歲已老的祖母告別的當夜睡夢中，我再度和久未見面的小叔鬼魂，在一艘夢中的風帆上相遇。夢裡，惡浪濤天，我感覺整艘船正在航向鬼門關的渡口……。『就是這麼樣的一艘濕漏船讓我喪身海底，永遠回不了家的。』記憶中，小叔鬼魂這麼向我悲訴。他還以自身的不幸際遇一臉悲憤地告訴我，如果我執意要到臺灣拓墾的話，首先得到客頭家中謀個長工的差事。」

先祖的鬼魂顯得有些疲憊地嘆了口氣，在李密身旁的一只石凳上坐了下來。

「為什麼？」將軍性急地問。

「是啊！為什麼是長工？」立身鬼魂近旁的李密，已忘了先前冷汗直冒的悚然，「又為什麼是客頭家裡呢？」

「為什麼？讓我慢慢告訴你……。」先祖鬼魂神色自若地瞧著身旁的李密，「安排小叔搭乘濕漏船導致海難發生的客頭，在他家中藏有兩項珍物，據聞是讓他家族在臺拓墾事業蒸蒸日上的重要因素。其一是在臺灣北部磺坑附近尋獲的硫磺靈石；其二是一張從岩石上拓印下來的航海圖。」

「從小叔鬼魂的轉告中，客頭的長子來臺拓墾時，曾因一場瘴癘之氣而病得差些送命，卻因泡洗了硫磺靈石所浸過的熱水而安然病癒。至於那張航海圖，至今連家鄉的人都沒摸過，那是客頭在一次與番人交易時，趁夜私闖番人後山，在一片被稱作聖地的鷹狀巨石面上，不經意發現的……。『客頭屢屢對蕃人古老的航海途徑，深感好奇不已，終於以酒灌醉交易中的蕃人，在酒後的真言中，得知此一航海圖足以避過黑水溝的厄難漩渦。』小叔鬼魂是這麼對我說的。」

李密在帳下，拾起原木桌上的筆，蘸著墨奮筆直書，幾至忘卻先祖鬼魂在殘燭旁飄飄晃盪的魅影。

「而後呢？」將軍依稀是那般耐不住性子。

「而後，我從小叔鬼魂的悲傷神色中深刻地瞭解，客頭會再讓他搭上濕漏船從臺灣回航，主要的原因便在於：小叔生前探知太多有關客頭航海的祕密了！客頭深懼小叔回大陸家鄉後要求將航海圖公示於眾，以免因客頭私藏而向渡海者索取安全途徑的高價航渡費用，終而下定決心讓小叔成為海上的冤魂。」

「在那以後的一年裡，我懷著替小叔鬼魂伸冤，更為自己的渡臺作好萬全準備的想法，終而隱姓埋名潛入客頭家中擔起長工的苦差事。好幾回在夜深竊取靈石和航海圖的行動中，險些就被識破。為了掩飾自己的身分，我在冬日裡潛入冰寒的海水中修護破漏的船底；在酷熱的夏日炎陽下，自告奮勇地上山伐砍造舟楫的木材，這一切都為了取信於客頭東家。」

「然而，時間一天一天地過去，你恐怕著急著渡海的時辰罷！」李密抬起他深思的前額，問說。

「事情就是這般微妙，正在我急於渡臺展開拓墾事業之際，不經意結識了侍奉客頭飲食起居的婢女益娘。命運彷彿在冥冥之中安排著我橫渡黑水溝的海程。經由益娘對我無悔的愛慕，終於從客頭的密室中取出了航海圖和靈石，我在那一年歲末，年關將至，街坊中時而響起震耳欲聾的鞭炮聲時，搭乘鄰家另一位客頭的風帆，趁夜收拾家當，招徠幾位熟識的親族，依尋航海圖的方位，在風浪中搖晃了數十個日夜，終於抵達島嶼中央那一片海水靚藍的溪海匯口……。」

「為什麼是未經拓墾的島嶼中央的海口呢？豈不是更危險的嗎？」李密皺著不解的眉宇，慌忙地詢問。

「一切是神明的差遣……，」先祖鬼魂說，「航海圖上有一道隱隱然若現的曲線……順著當夜的海風，我們便操帆航向家鄉大里杙的外海。」

先祖鬼魂從他經久端坐的凳子上立起身來，臉上露出一抹神祕的笑容。他轉身，沒說任何理由地似乎準備離去。

「先祖，」將軍急忙趨步向前，以一種從未有過的神情，低緩著語氣問說，「您當真在年少時和小叔鬼魂交往如此密切嗎？」

「是啊！為什麼問這樣的事呢？」

「喔！沒什麼，只是好奇為何與我想像中的您的境遇，竟然毫無任何差異哩！」將軍說。

在戰亂中 弭平殺伐的憾恨

黎明時，將軍從一場噩夢中駭然驚醒。他翻身坐起，在床沿莫名地發了好一陣子的呆，當他察覺胸前猶淌著陣陣如雨水般的冷汗時，一股從來未曾如此強烈的沮喪與不安之感，正吞噬著他脆弱無比的心志。為了療止從夢境中一路淹覆過來的如噩浪般的咒魘，將軍生平第二度地動起抽食鴉片的念頭。他舉止審慎地彎下腰際，以一顆顫動的心趨使不甚聽命的手臂，在床底下漆暗的空間裡左右摸索。他先是感到著急得不知所措，而後開始被一股茫然之感所盤據，最後，才在紛亂的觸摸中找到了他刻意埋藏於床底的那管煙壺。

他取出煙壺，握在冰涼的手掌心中。心頭還嘀咕著在阿罩霧家鄉時，經常以訓示性的威嚴口吻，警告剛募集到營的兵勇：「凡抽食鴉片煙，經發現屬實後，一律處以重罰。」但現在，他躺下身來，努力地以一種疲憊的身軀去遺忘埋藏深心的嘀咕。他燃起煙壺，讓自己消失在陣陣飄散的煙霧中，當腦海中浮現一層層形狀飄思的幻象時，他於是發覺又拾回了足以面對夜夢中場景的信心和勇氣。

他想著。夢境不費吹灰之力便從煙霧中輾轉現形。

一開始，他發現自己身形狼狽地蹲踞在一座廢廟的廊柱後頭，薄暮中，遠遠地瞧見一群披頭散髮的人，從廟前的街巷盡頭搖搖擺擺地結群走來，個個在腰際間都插著繫上紅巾的刀槍。他瞧不清楚對方的臉孔，卻遠遠地感到某種不祥之感向他漸漸襲來。待自己定睛細瞧，發現愈來愈靠近廢廟前廊的幾張臉孔，竟然便是熟識有加的戴潮春與其黨徒們。這時，他躬起腰身，縮頭縮腦地繼續觀望臉帶殺伐之氣的對方。廟前原本已被木條封禁的大門，繼而響起陣陣的敲擊斷裂聲。隔頃，當他在一陣子的緊張之後，發現轟然傾塌的廢廟木門揚起瀰漫的煙塵。緊接著，他從這座被官府封禁的王爺廟的牆縫間，驚心動魄地窺見一場神祕的儀式正在悄悄地進行著。

先是戴潮春在神案前唸唸有辭地走繞了三圈，而後在燻得烏漆抹黑的藻井底下，學著乩童般跳起八家將的陣式來。隨行在戴身旁的幾個人，像是突然間受到蠱惑般，一個接著一個跟隨舞起陣步來。他們死命地彈跳著，神色顯得蒼茫而恍惚……。突然間，眾人一聲驚喝，齊跪地面。戴氏於是從神案底下恭敬地捧出一幅畫像來。「是誰呢？」夢中，將軍悶悶地吭了一聲。他側過耳朵，便也聽見喃喃的唱頌聲中傳出：「……北勢湳洪欉……小埔心陳弄、賴矮、陳前……」等的宣誓報名聲。待沉著下來，再細心地從縫隙間專神凝視，包括戴潮春在內的幾個人都已披散著額髮，在一片香煙繚繞中時而伏身在地，時而跪起身姿，恭敬地朝畫像齊聲低頌：「至聖林公爽文高高在天神靈……以天爺之尊，俯視吾等在此歃血為盟……來日必將斬斷附清狗官林文察首級，懸吊王爺府廟前，以血撫慰天下游魂之靈。」

將軍聽聞叛黨齊聲盟誓要砍自己的頭，在恍恍惚惚的夢境中，直動起肝火來，他拎起倒落廟前的一根殘柱，頭也不回地便衝向廟裡去。未料，就在他滿腔怒氣地闖進一片濃烈的煙霧中時，卻發現原先在神案前起誓的幾個叛黨，已經化作一尊尊活靈活現的八家將，在蛛網滿布的殘簷碎瓦間，有模有樣地擺起陣式來。將軍先是胸頭一緊，額上淌下串串的冷汗，接著便也鼓足了勇氣，嘶聲裂喊地衝進陣式中，出乎他預期之外的是：每回他高舉起木柱擊向其中一張魅厲的鬼臉時，眼前的景象便突而消失，待他回過頭來時，鬼臉又已經在他身前出神地擺弄起身姿來。

夢裡的將軍，發現自己正處於迷亂的狀態中，無從稍稍掌握叛黨們的任何行蹤，甚至一個簡單的步陣。他回過頭來，發現廟前的廣場上已經聚擁著成百上千的徒眾，個個腰繫刀槍，手捧香柱，朝著廟門的神案前面喃喃唸唸地伏拜起來。

將軍見狀，一身冷汗直冒，正想吸足沉落的中氣，狂烈地衝殺向廟前的廣場時，卻翻了個身，從噩夢中驚醒了過來。

將軍深深地吸了口煙，回想著夢中的場景。深秋時節的午陽從軍帳頂端的氣窗亮燦燦地照射進來，恰好便停留在他恍恍惚惚的腦門上。他的雙眼在光影一陣子暈眩中，彷彿瞧見王爺廟前正燃起鼎盛的香火。

正當將軍深深陷在飄渺的煙霧中，感到某種憂鬱與不安時，跟隨將軍已有多年，剛接任胞弟林文明職務不久的水師陣將李雲端，突然在帳前氣喘呼呼地喚起將軍來。「怎麼回事，這般莫名地慌亂……。」隔著幽幽忽忽的一層霧茫，將軍趕忙地將手掌心那管熱呼呼的煙壺吹熄，塞進擺滿稀貴蒐藏品的床底。

「有消息傳來……，總督大人深陷在江山城裡……。」李雲端喘著重息說。

「什麼，深陷江山城。」將軍立起身來，感覺眼前一陣撩亂。

李雲端聽聞帳中響起將軍雜亂的腳步聲，心想將軍已經從床上甦醒過來。這才掀開帳門，匆忙伏進身來，在將軍面前抱拳稟報說：

「從江河那邊有探子來報，總督大人七天前攻克江山城後，隨即因患瘧疾而病倒城內，據聞另有數百名將士也臥倒床上，在忽冷忽熱的折騰中，喪失戰鬥的能力。太平軍忠王李秀成獲知消息，隨即率同廣東牢頭禁子與廣西土匪首領的人馬，分兵二路，回頭反擊。江山城因頓失領將，正岌岌可危。」

李氏的稟報剛告一段落，將軍已經整個人震醒了過來。他頭一個閃過腦際的念頭是：水師即刻備戰，當夜便潛行赴江山城。當他做了這項決定，並吩咐李雲端進行備戰事宜時，卻又躊躇了片刻，悄聲地詢問處於緊張情狀下的對方：「丁曰健也獲知這項消息了嗎？」

「大人，在戰場上噩耗總是傳得比勝利的訊息還要飛快……您是知道的。」李雲端似乎懂得將軍的憂思。

「說得也是。」將軍回過頭去，讓鋪灑進軍帳中的陽光，兀自蒸騰著某種沉寂。

在獲知總督大人困陷江山城的消息之後，將軍發現擺在他眼前的時間愈來愈是無情地在掠逝。他首先召喚來李密，以最有效率的商議方式，在很短的討論中，便決定了如何讓總督大人及數百名受瘧疾所困的將士，度過病魔的折磨。

「在最短的時間內，立即準備泉麯。」李密習慣性地搓搓他的雙掌，機靈地說。

「泉麯能救瘧病嗎？」將軍困惑了，「在何處能取得呢？」

「這是流傳家鄉的一種妙方，請將軍立即派遣一支部伍，搭乘快舟，由我統率回返家鄉，隨後便趕赴江山城外的碼頭，與您會合。」李密說著，起身便與將軍告別。

李密召來軍營中跟隨他投效到將軍旗下的僅僅五名泉州人，先行換裝成平民百姓，準備立刻動身。隨行的施連土和施連水孿生兄弟，是李密的隨身護衛，在以漳州武人為主的營區中，他們的身分向來格外招人非議，為了服侍主人的安危起居，隱忍已經成了兩人長久以來的默契。事有湊巧，為了安排航班，他們得先行前往碼頭打點備航的事宜。

施連土與施連水幾乎不約而同從各自的軍帳中同時趕抵碼頭。他們抬起頭來，幾乎也同時感到秋日的午陽似乎比前些時日西移得快速。兩人以完全相似的表情，憂心地互望一眼，正想齊聲指揮守候在碼頭邊的水兵拉起風帆之際，卻發現秋高氣爽加上連日來的乾旱，將眼前唯一適合於改裝作漁舟的這條木帆，給活活地擱淺在河濱的沙洲之上。

兄弟倆見狀，心急如焚地連忙吆喝起守在濱岸的兵員們，即刻將木帆拉到河道上。沒想就在他們手忙腳亂地揮動著指示性的手勢之際，卻發現河岸上的水兵，個個像剛從一場械鬥場合中打了場惡仗的武夫般，動也不動地立身在風起的河濱碼頭上，冷冷地擺出若無其事的兀傲身姿。

「到底怎麼一回事呢？難道要我們喊破喉嚨才行動嗎？」孿生兄弟中的大哥施連土性急地吼著。

秋日的野風，從河的對岸襲過密密匝匝的菅芒，一路掀動著河道上的盈盈水波。時間像河道中迅速奔逝的水流，陣陣湧向河水的下游。兄弟們心愈來愈急躁，碼頭上的水兵卻依舊雕像般地凝固在各自站立的原處。

「你們膽敢抗命嗎？」施連水接著話題，破口悖罵起來。

「就算是抗命罷！我們也決不為泉州人效命！」僵持的氣氛，終於由一位高高立身在木帆甲板上的水兵所打破。

「什麼……你說泉州人怎麼了……得罪你了嗎？」施連水一腳踩進泥濘的河濱裡，口中罵著。

水兵的這句話，簡直挑起了施姓兄弟徹骨的怒釁。施連水憤憤地躍過泥濘，一個翻身便連泥帶污水地攀上船舷，正當甲板上的水兵擺出一個準備一搏的身手時，施連水已經重重地揮手一擊，將來不及擋身防備的對方給推落到木帆底的泥濘之中。施連土看情況不妙，連忙從腰際抽出一把藏匿在衣褲帶裡的短刀，防著濱上的水兵們突地齊擁而來，那一刻，碼頭上嘩地激起陣陣血腥的氣息。

「這是幹什麼……，」河風中突而響起雷響般的斥喝聲，「搞械鬥嗎？」

就這麼一句「搞械鬥嗎？」的斥喝聲，將水兵們一個接連一個地喚回了魂來。施姓兄弟一個在船舷上，一個在濱岸上，也那麼就在同一剎那間回過頭來，恰好瞧見是水師副將李雲端，一臉盛怒地兀立在碼頭旁一處凸起的小泥丘上。水兵們斂起身姿，紛紛垂下頭去。被推落泥濘中的一位，滿身污臭地從沼河裡爬上濱岸。

畢竟是經驗老道的水師頭子，一眼便識出眼前發生一切的來龍去脈。他絲毫不動聲色地在河風中站立了片刻，光那身姿便訴說著一股淋漓的殺伐之氣。

「傳令下去……，」李雲端肅殺地冷冷瞧了身旁的護衛一眼，「從這一刻起，抗命者一律當場處斬。」他凝神地緩步走向滿身泥污的那個水兵身旁，一聲不吭地掐住對方的咽喉，厲聲嘶喊著：「你聽清楚了嗎？」

水師頭子盛怒的舉止，讓在場的水兵們震懾不已，就連施姓兄弟都感到驚駭。最後，還是在文官系統中閱歷稍稍豐富的李密，深怕李雲端在失去自我控制的情狀下，做出任何非理性的行為，主動出面說了一番打圓場的話，要口出不遜之言的水兵當面表示道歉之後，才度過了一場隱伏的族群危機。

舟船在動用數十名水兵的推拉之後，總算被滯重地拖離了泥濘的濱岸，秋後的江面在午陽的斜斜映灑下，感染著一股迢遙的氣息。李密站在甲板上和水師頭子李雲端揮手告別，心中不斷掀起一陣又一陣的複雜愁緒。他想著，這一路的航程，即將回返睽違已久的故里。在他的記憶中，除了年幼時曾隨父親從臺灣回泉州家鄉祭過一回祖墳之外，關於鄉里的種種，打從先祖父移民阿罩霧之後，他僅存的便是片片斷斷的回憶景象了……。然而，返鄉畢竟是遊子最為情怯的一件事情，李密有些擔憂著。「難道是怕無法順利取得泉麴嗎？」他這般默問著……，「喔！絕對不可能，老家的阿漢叔，年前還運了幾些到臺灣……。」又這般安撫起自己來。「那麼，到底在擔憂著何等情況呢？」他還是禁不住自忖著。「或許是深怕故鄉改變太大，無從辨識了罷！」他終於這麼說服了自己。

風帆順著水流飄行而去，河道愈來愈寬，氣勢變得無比磅礡起來。遠遠的濱岸上翻飛著白花花的菅芒，夕陽下，映現著某種蕭條的景象。李密在夕照下翻飛的芒草中恍然尋找到熟悉的感覺，當滿漲的風帆穿越過一座築在石階梯上的小城時，他很快地勾起了昔時的記憶。他想起來了！童年時第一次隨父親乘船回返泉州家鄉，曾經攀上一級一級的石階，在這座小城中歇息了一個夜晚……，而那時，就在那趟航程之前的不久，他還和將軍在隔海的阿罩霧故鄉，共同目睹了一場險些釀成巨禍的家族仇殺。現在，面對一寸寸從視線上緩緩飄離的小城景象，李密童年時的記憶正逐漸地在腦海中堆疊起來……。

「就是那個像眼前景緻一般的深秋時節罷！」李密回憶著，「在阿罩霧鄉里的後山上，當時年僅六歲的將軍，興高采烈地奔逐在植滿相思林的荒野曲徑中……。」

是的。從李密的記憶庫藏裡，童年的往事一一地浮現在眼前。他記得，他經常和小他幾歲的將軍一起到水田裡去抓青蛙……。而後呢？他輕鬆地想著，而後便相約將滿盛一竹簍的青蛙帶到後山一處隱密的籠洞裡，將一隻隻碧綠的蛙兒給養在洞裡的一只瓦甕中。

「然而，竟有那麼一個午後，天空突而響起悶雷來。」望著逐漸從視線中消失的小城石階，回憶中的李密，他眼神裡開始透露出一股深重的憂悒。

記憶中，悶雷轟隆隆地滾過天際，就在他們起身想從籠洞奔回家時，從山崗上，他們共同被山腰底下發生的情景給震懾得不知所措起來。首先，是他先一眼便瞧見將軍的父親手裡抓著一把掃刀，在淺淺的旱溪河床上，追殺著前頭身形精壯的一名中年男子，待他再定睛一瞧，發現死命地奔在前頭的人，竟然就是自己的父親。如果他記得沒錯的話，當他差些驚呼起來之際，身旁那時年尚幼小的將軍，已經面無血色地呆立在草叢中良久一段時間了！「怎麼辦……。」他記得那時身旁的將軍哭喪著一張臉，差些就慌張地嚎啕起來。下一刻，他們一前一後地奔過綠蔭濃蔽的林子，跑下山去，躲身在高高的菅芒叢裡，繼續窺視著一場廝殺在河床上發生。這時，他們雙雙鬆了口氣地察覺，各自的父親已經都喘著重息，隔著旱溪，在河的兩岸對視怒罵起來。

怒罵的聲音響徹在河谷地裡。這一刻，李密彷彿清晰地聽見對罵聲猶響在耳際。他回想著，從濱岸的菅芒叢隙間望去，河兩岸的濱地上已經聚來準備械鬥的兩家兵勇，遠遠望去，兩邊陸陸續續蜂擁而至的人馬，將濱岸給擠得滿滿都是人潮。

發生於童年時期的這場械鬥，就算李密再怎麼想刻意逃避，也難以稍稍忘懷。他現在想著，這恐怕也是將軍在和他結識的日子裡，深深埋藏內心的一道傷痕罷！至少，就他記憶所及，從那回在菅芒叢裡分手以後，他們便因時而在各自的家院中聽聞長輩訓斥「漳、泉人水火不相容」一類的話語，從此幾乎不曾再戲耍在一塊兒。

在往後的成長歲月中，兩個家族之間的殺伐，幾乎成了人們提及「漳、泉械鬥」時的代名詞。他們也就從此不曾再見過面了！

一直要到三年前，在市集裡的一場棋弈賽局中，他和將軍面對面陷入沉思。儘管距離兒時的那場廝殺記憶已有二十年的時間，當時剛銜命欲來征剿太平軍的將軍，卻一眼便認出了他來，並堅持邀他擔任軍師幕僚的職務。李密想到這裡，不禁繼續追問著自己起來，「到底是基於怎麼樣的想法呢？將軍會邀我來當他的軍師⋯⋯。」他想著，秋日的河風襲在他憂思的顏頰上；他隔著日暮時分緩緩瀰漫起來的煙波，瞭望消失中的城樓，心中浮現起種種依將軍的性格而衍生的解釋。最後，他勉強地尋找到唯一合理的解釋竟是：將軍的半生都在戰亂中弭平殺伐的憾恨。

運送李密一行微服返回泉州故里的舟楫，在星夜的映照下漂行了一整個夜晚，除了在幾處堆滿石磊的折轉彎道遇上激流之外，幾乎稱得上是一帆風順。黎明時，李密從不甚熟眠的睡夢情境中轉醒，發現自己需要幾口新鮮的空氣，以便從昏愕中快些轉醒。他推開艙房唯一的一扇門，在晨曦中自在地舒展了一下筋骨，正想就此繼續尋思這段歲月以來和將軍共處的經歷，沒想薄薄的霧靄中卻傳來幾聲淒厲的嘶喊，他初初以為是岸上鳥獸的鳴叫聲，沒特別去理會。待幾位隨行的侍從都從艙房裡匆匆忙忙地登上甲板，想明白個究竟時，才突而驚醒過來。「是女子呼天搶地的嘶喊聲哩！」伏趴在甲板前的一位侍從，望著霧濛中的河岸，這麼說。

「是嗎？」李密指示操槳的壯漢，將船靠向河岸，想探個究竟。

舟楫在滑行中穿越薄薄的迷霧，對面的景象，從視線中漸次浮現。首先是一堵古老的城牆高高地砌在濱岸上，幾乎擋去城裡頭的任何景觀。接著，李密看到在城牆底下，一群手持棍棒的粗壯男人，圍聚在一名雙手被緊緊反綁的年輕女子旁，邊吆喝著，邊舉起棍棒來，欲將狀似暈厥的女子給推進河裡。

李密見狀，隨即要船伕將船靠向岸邊，並情商由施姓兄弟在甲板上呼喝對方暫停私刑施虐的行徑。岸邊的男子原本不願理睬，見舟楫緩緩靠向岸來，才收斂起先前已經準備好要將女子推向河裡的動作。

「到底發生了什麼事呢？」船行靠岸，不待船伕和侍從在石岸上繫好繩索，李密已經著急地問了起來。

盛怒中的七嘴八舌，總是難以輕易理出事情的頭緒來。李密費了很大的一番功夫，才從圍觀人群裡一位輩分較高的長者的轉述中得知：原來這名女子在年前太平軍橫掃過城時，因姿色貌美，被擄去軍營中伺候帶兵的軍頭，後來，還成了將帥的寵妾，前些時日，在異鄉患了瘧疾，被太平軍視作妖孽纏身，連夜被關在囚車上趕送回來，據說妖孽若不葬身在自己家鄉的水域，隨波漂流而去，勢將連累相識的人⋯⋯。

「你們鄉親父老當真相信太平軍的這套鬼畫符的說法嗎？」李密有些難以置信地問。

眾家男子聽聞李密這麼義正辭嚴地一席訓斥，紛紛以一種遲疑的眼光投注於李密一行人身上。

「如果你不信的話，那麼就由你們將伊帶上船去，漂到我們都看不見的地方去罷！」一名手持著棍棒的男子，灰著臉這麼說。

李密究竟不失是一位菩薩心腸未泯，又懂得眼明手快下決心的成熟文官。他聽聞這名灰著臉的漢子如此一說，沒等其他人做出其它反應之前，便急急忙忙瞟了施姓兄弟一眼，示意他們將跪落泥濘中的可憐女子鬆了綁。而後，再由他大大方方地將病弱的女子給撐扶到舟楫上，頭也不回地，要船伕將船駛向河道中去。

在生活中，總有那麼一些決定雖然顯得唐突，卻並非無跡可尋。李密尋思著自己在古城的溪岸救起這名年輕女子的種種……。表面上看來，他這麼自忖著，雖說只是一時的古道熱腸，骨子裡卻和自己貌美的髮妻多年以前同樣死於瘧病，並在阿罩霧家鄉被視作妖孽纏身有關係。

李密想著年輕早夭的妻子，夜半數度醒來，為時而發冷時而害熱的病弱女子送茶水。他走近隨波起伏的艙房，看著躺在床上的陌生臉孔，在忽冷忽熱中變得青黃枯瘦，聯想著妻子死前在病榻上的情景。女子單薄的身上那件米黃色的衣衫，在冷汗陣陣的浸漬中早已皺破得不成衣型，他靠近身去，輕輕呼喚女子，卻因不知對方名姓而顯得倉促及尷尬。扶起伊枯成一團的頭臉，將冷涼下來的茶水送到伊的嘴邊時，便又情不自禁地想起妻子的垂死掙扎來。最後，他終於下定決心，以眷顧妻子的心情，鼓起勇氣褪去女子的衣衫，為病魔折騰中的伊擦拭身子。

船繼續在河中航行兩天兩夜，泉州城外的渡口近在咫尺，李密的腦海中卻翻滾著陌生女子病魔中的蒼白的軀體。

由於一場秋雨的適時降臨，讓航行的舟楫得以順利地在渡口停擺，並讓病魔中的女子，在轉趨涼爽的天候下，稍稍復原了病體。

船剛靠岸，一股不尋常的氣息已在秋風中瀰漫著。等到一行人微服登上渡口的河岸時，已經身陷在詭譎的氛圍中了。李密抬起狐惑的目光，一眼便瞧見整個泉州城已經改顏換色了！至少，翻飛在城垣上的那面黃色旗幟，是那麼地令他感到不安，那麼地充滿著殺戮的氣息。此時此刻的李密心知肚明他回到了山河變色的故里了！身旁一位文官出身的侍從，看情形有些不妙，連忙低聲快語地向李密報告說：「沒想阮的故鄉也淪陷在太平軍的手中！」

李密半句話不說地往前走去，以沉著的行動暗示侍從們不得慌張，以免漏了馬腳，亡命於自己老家的門前。進了城門，施姓兄弟緊緊尾隨在李密身旁，遇上在街道上巡邏的太平軍時，則不忘裝出一付商賈的笑臉，心頭卻機警地握著藏入暗袖中的那把短刃。

「直接走到大叔家中，布置妥當後，趁夜以板車將泉麵搬上船。」李密神色鎮定地說。

「伊呢？」施姓兄弟不約而同地憂心起來，「就怕會熬不過這一整個日午的折騰哩！」

「就由連土先帶一小甕回船上，給伊喝了……，再說罷！」李密說著，神色顯得有些蒼惶。「記得，馬上就辦這件事，別拖延了！」

運載泉麵的差事，比想像中順利許多。就在夜色暗晦下來的幾個鐘頭裡，李密已經準備就緒，以迅雷不及掩耳的手腳，在喬裝成生意人的打扮下，將數十罈泉麵從大叔舊宅的後院，沿著城門下的一條由徑，陸陸續續地給搬上了船艙中。當夜，據大叔的家僕們說，太平軍都齊聚在城東的磚樓前聽候天王的指示，準備由陸路進發，前去支援回攻江山城的戰役。倒是大叔的遭遇，直令李密憂傷且愧疚。因為，就在他向多年未曾謀面的大嬸表達來意，並稱曾幾度聽聞臺灣家鄉的父親提及大叔家中的泉麵能治癒瘧疾，特地前來求取之後，沒想，大嬸竟暗自飲泣起來，經他苦苦追問，終於從一位婢女的轉述中得知：太平軍進城後，便逐家挨戶搜尋李密這個人的親族，理由是他們早在攻城之先便知曉，臺灣林家兵伍裡出了一位專門獻計與太平軍作對的軍師，是從泉州移民臺灣的後代。「後來呢？大叔……他……。」李密問話剛滑到嘴邊，大嬸已經嚎啕得失了聲。婢女的說法是太平軍將他的人禁閉在囚房裡，但依李密的判斷，若有三長兩短也並不意外。

從泉州出航的水程，對李密而言，與其說是慶幸倒不如說是另一番折騰的開始。船行離岸，匆匆告別故里，抬起頭來時，夜已深，侍從們在經過一整日的勞碌與緊張後，紛紛先行休息去。臨睡之前，施姓兄弟見李密猶眉頭緊皺地端坐在甲板的一只貨箱上，久久不發一語，甚感憂心。兄弟倆於是前後相隨地繞走到貨箱之前，逆著河心吹拂而來的夜風，低聲詢問李密是否也先行歇息，有事等候隔日再行處理。沒想眼眶發黑的李密卻依舊半句話也不吭地，只是坐在船尾那盞暗幽幽的油燈底下，無聲地搖著頭。施姓兄弟蹲下身子，互相望了一眼，沒再繼續勸說下去，便起身轉而兀自回艙房去了，獨留操槳的船伕和微服的侍衛，在船頭上操舟並把風。

此時，憂懼交加的李密，望著黑暗中前湧後滾的浪沫，突而興起了藉酒澆愁的念頭。他沙啞著嗓門沉沉吩咐了一聲，侍衛便從船艙裡提來了一壺灼烈的白酒，順便奉上一盤切得細細薄薄的滷牛肉片。

隔頃，就在鬱暗的胸口翻騰起灼熱的燒燙時，李密發現他已然航行於記憶之河低緩沉滯的水域中了！他開始回憶起孩童時代便經常聽父親轉述祖父移民到臺灣之後，最常牽掛的便是患有氣喘病習的大叔。父親還說，祖父生前常常提醒趁早整治好家園產業，而後便接大叔一家子到臺灣。李密進一步想著離鄉之前，父親本已辦好舟楫，準備接大叔一家到臺灣，沒想就在客頭剛到家裡清點完私渡的費用後，卻接到大叔傳來的飛書聲稱由於一批陳年釀製的泉麯在買賣時出了差錯，暫時無法就此一走了之，只有等候過了年冬，看情形再說了。……汝大叔近日又來信說道，萬一泉麯依舊滯銷，索興悉數隨船運至臺灣，亦算得上是一門行市……。」今春，在征勦的道途中，接獲家書時，父親在托人代筆的信中還這麼提及大叔的事情的呢！信裡頭，李密清晰地記得，父親還叮嚀因亂事頻仍，已有多年未曾返回泉州故里探望，要他必得於轉戰中抽空潛赴泉州一趟。誰能料到如今雖回返故居，卻連再親睹一面的機會都沒能時，便得憂心起大叔的安危起來了！

大叔因自己在將軍帳下當軍師的身分被太平軍識破，從而身繫囹圄，就算僥幸逃得過一劫，誰能擔保在濕牢裡舊疾復發，不會就此一命嗚呼呢？想到這裡……李密的心情只有愈加複雜起來。他站在船艙外的甲板上望著星空底下的河域，眼前是一片碧洗的蒼茫。

對於研讀過詩書兵法並曾意圖在科舉的道途有所發揮的李密而言，面對當前繁瑣的天下世事，免不了要感到窘迫且非如己願，卻每每在不得已的情境底下，嘗試撥出一條曙光乍露的幽徑來。至少，在隨侍將軍身旁經年的體驗中，每回當他以深思熟慮的謀略對局勢提出建言之後，便格外感到世事的詭譎多變。然而，回過頭來看看當下的處境，一切就宛似他在為將軍整理家史時，總難免身臨其境地體受著家族命運之無常一般，現在他只需稍稍回首，細膩地念顧泉州故里橫遭噩運的大叔，並想想童年時發生在阿罩霧家鄉中的械鬥事件，便不難感知家族之事對於身歷移民經驗的他和將軍而言，並不比處理疑雲滿布的天下事，來得稍稍順遂而易於掌理。

想到這種種令人不免多費心力的身家之事，冒上生命之危，在險阨的江河裡，沿著溪岸旁的水道緩緩航渡的李密，深切地認識到命運的頓挫竟是這般引人惴惴不安。他透徹心頭的倉惶於是也隨著暗夜裡的波濤浮浮沉沉起來。他想著，這一刻的他，終於比較能理解：將軍為何會對自己的遭遇感到如此的迷惘，又會突而興起以充滿暇想的文體去重塑家史面貌的念頭。「一切當真便是為了看清楚自己命運的圖像罷！」他重複地這麼問了自己好些回，臉上抹過一層灰茫茫的憂思。

如果說這一夜的航行，對於李密而言，憑添了面對生命的蒼茫與憂忡的話。抒解這層層糾葛情緒的光景，似乎正在木船右舷那間臨時加蓋起來的花帳中，緩緩地浮現出來。為了讓服過泉麴的罹病姑娘，能在比較舒敞的環境中恢復病體，木船在倉惶地駛離泉州口岸之前，李密吩咐手下在離岸不遠的竹林裡砍來幾節竹梗，並從大嬸家索來兩席花布床單和一頂大帳，運用這些臨時拼拼湊湊起來的家件，擅長於在船上渡過漂流生活的兩位侍從，不花半個時辰，便在船右舷裡側搭好了一頂飄飛著印花圖樣的帳子，並將猶在病夢中屢吐著囈語的姑娘，給舒舒坦坦地安置在一張溫暖的墊床上。猶記得，這位侍從以極快的身手搭好花帳，卻愁於不知該如何安置床板之際，李密連忙地自告奮勇將自己的床位給讓了出來，他的這項舉止，著實讓大夥兒們都甚感驚訝。但眼見軍師如此胸有成竹地一心想扶持病中的紅顏度過生死的難關，原本的遲疑在剎那間都變得煙消雲散。「那麼，就將我的床移到師爺的房裡罷！」幾張嘴巴不約而同地這麼嚷叫起來，直讓李密感到自己是不是下決定太快了些，以致於侍從們都不免覺得措手不及。

李密從暗幽幽的一盞油燈下猛地立起身來，倏忽察覺自己已經醉得有些茫茫然。就在他的腦海中恍恍惚惚地閃過姑娘那張皙白而娟秀的臉龐時，他才意識到這突如其來的起身，到底是因為聽到姑娘病夢中的嗯哼聲呢？還是猶沉醉於醉酒的幻聽狀態中？如果當真是由於酒醉的迷茫產生了幻聽，那麼他似乎只能以羞愧來形容自己的行徑了。但這樣的念頭稍閃即逝，憑著自己在醉裡莫名激湧而起的衝動，他還是鼓起膽識顛顛跌跌走向花帳旁，一眼便瞧見躺在自己熟悉有加的蓆舖上的姑娘，已經在昏沉沉中悠悠忽忽地轉醒過來，以一張蒼白中略帶幾許嫣紅的顏頰，兩眼呆滯地盯視著在河風中飄飄晃晃的花帳。

就在這一刻，李密似乎已經從生命的長河裡仰起頭來，似遠又近地望見一顆皎亮的星辰，正隨著他的航程蜿蜒地往前滑行而去，雖然，他處於醉酒的迷茫情境之中……。於是，他掀開在風中零落交疊的帳簾，在醉意的趨使下，竟想親自去撫慰從病夢的消沉裡稍稍甦醒過來的姑娘，他很想憑藉著此時此刻的坦誠撕去經久埋藏於內心底層的，對於異性的禁忌與壓抑。然而，就在他前腳剛踩進花帳中時，卻又即刻被某種突如其來的遲疑給迴阻了。他感到些許慌張地站在帳門口，在花帳窄窄的空間裡，從河裡映照上來的月光，將他的身影悄悄地攀過姑娘的胸前……。這一刻，昏睡中，恍然聽聞腳步聲穿梭帳內的姑娘，正悠悠地從床舖上撐起身子來。也恰好在這短暫的剎那間，木船在滑過一陣漩渦時突而頓盪了幾下，從床緣撐起腰身的姑娘忽地失了重心，整個人便跌出了床外，這時的李密像是突地從酒醉中被搖醒過來似地，一伸手便將姑娘給擁在他的懷裡。

「姑娘，沒事罷！你怎麼稱呼？今年幾歲？還記得如何上到這船上來的嗎？」手足失措地擁著鬆軟軟女體的李密，一口氣接連問了好幾個問題。他突然間意識到，他已經很久沒有如此貼近過女子的身體了。上一回，類似的體驗發生時，他的淚水滴落在妻子體溫猶存卻已斷了氣的胸口。

現在，從宿醉的情境中沉沉轉醒過來的李密，仰躺在他自己艙房打著地舖的船板上，天光從艙房半掩的門戶隙縫間透射進來，破曉的頭一陣喧鬧聲在河岸邊此起彼落地響起。他輕輕闔上疲憊的眼皮，腦海中立即又浮現那張娟秀的臉孔，帶著某種淒楚的美麗……。「我叫沈香玉，今年十八歲……不記得怎麼會上這船來的……。」他清晰地記得，姑娘這麼回答他慌張的問話。他睜開雙眼，姑娘的臉孔剎那間逝去，耳邊卻響起施姓兄弟的輕喚聲，「師爺，船行靠近沙城，恰逢此地今天有市集，我們停留片刻，購些米糧再行上路罷！」他們前前後後這般接續著說。

「有沒有賣女紅碎貨的攤子呢？」

「師爺的意思是……。」

「喔！我是說也許沈姑娘需要添些日常用品。」李密隔著艙門，和施姓兄弟解釋著說。

「什麼……師爺是說姑娘姓沈嗎？」沈姓兄弟以吃驚的口吻，不約而同地問說。

艙房裡變得一片沉寂。李密裝作沒聽見任何詢問聲似地，以沉默應允他同意將木船靠岸。當晨光映照在輕輕晃漾著的水波時，船已經在渡口的濱岸歇停了下來。這時，躍上岸邊的船伕將船纜緊緊地繫在濕滑滑的木樁上，李密見船已停妥了，睜著他惺忪的醉眼，從艙房裡慢慢地走了出來，腦海中依稀閃過那逐漸轉趨酡紅的顏頰。當然，李密畢竟是深思熟慮而個性內向的中年人，他只是裝作若無其事般地步向船側，藉以掩飾他內心深處的欣悅。然而，就在他前腳剛踏上架在船側與濱岸間的木板條時，卻又回過頭來輕描淡寫地說：「順便也請沈姑娘上岸走走罷……。」停頓了半晌，他像是突而憶起什麼重要事情似地，接著補充說：「如果，伊的病體已經康復了的話。」

這一天清晨，沙城的天候顯得格外明亮而爽朗。一切彷彿都為李密做了最為妥善的安排。讓他能在侍從的陪伴下，以幾乎忘卻了運載泉麴的緊弛心情，一路朝沙城的市集閒散地步行前去。當然，在他內心深處還隱隱起伏著某種雀躍，即是他終而能夠如願地和康復後看來是如此青春的沈姑娘，一起出現在市集裡的陌生人群中間。

運載泉麴赴江山城的沉重任務，時時刻刻浮現在李密的內心深處。然而，這一刻，他似乎更深沉地感受或想像著眼前這位女子，將為他的生命帶來某種超乎現實以外的體驗。他只是這樣恍恍惚惚地意識著……。

在市集人潮熙來攘往的米糧或貨攤前，只隨口吩咐負責辦貨的施姓兄弟睜眼買糧，免得吃了悶虧，對其它相關的事務，則一逕地表現出一付滿不在意的神情，就連侍從們在貨攤前和販子議起價時，他也僅只是在一旁輕輕淡淡地笑著。倒是從他們一夥人踏上市集的那一刻起，他便三番兩次地叮嚀侍從們好好照顧沈姑娘，別讓伊給跟丟了，遇上人潮稍稍洶湧起來時，則屢屢回頭望一望跟在後頭的伊。更形誇張的是：只要遇上任何與女紅相關的貨攤，他都必然會不厭其煩地重覆詢問澀羞中的沈姑娘：「想買些什麼嗎？別客氣喔！」

一夥人在市集裡走了半個時辰，侍從們剛添完米糧，李密望著稍稍顯露出倦容的沈姑娘，即刻便說：「快！回船上了，我們得在後天午時之前趕赴江山城外的渡口……。」

風帆在江上襲動，李密沉溺在昨夜酒後的一場驚艷中。他望著在風中輕輕飄晃的那頂花帳子，想著此刻疲倦了的沈姑娘愈來愈是惹人憐惜的睡姿。他只是這般浸身在不切實際的想像世界裡，差些就將沉重的任務給拋諸腦後。然而，他萬萬也難以逆料，就在他享受中年歲月以來堪稱是最為愉悅的這個黎明時分之際，將軍的大船正準備駛離一場疑雲滿布的殺機哩！

距離李密的風帆約莫有兩個晝夜航程的河道上，將軍坐在他的艙房裡，滿臉憤悶地望著艙外濃密底聚攏在峽谷上空的烏雲。他正心神不寧地收拾著一場險些就令他喪命的刺殺事件。這場回想起來當真稱得上是撼人心弦的謀害行動，就發生於昨夜的午夜時分。

如果以懊惱與悖怒來形容將軍當前的心境的話；事件發生時的情境其實更令人感到譎疑與困惑。在午後之前的一個時辰，航行於峽谷河道上的船隊在一場豪雨的襲擊下深陷在詭暗的潮湧中。當時原本不該暴露身分的將軍，沉不住焦急的性子，竟一個箭步便衝向雨勢洶湧的甲板，急忙忙地下令負責通風報信的水兵，揮動起船桅前的油燈。他並且死命地吆喝起來，將整個船隊移向岸旁一處可避風雨的巨岩底下。風雨中，船隻前後緊緊挨隨著停歇在岩崖的下端，整個船隊約莫七、八百名士兵都以驚訝的神情站立在濕滑的甲板上，隔著漆暗的水域，望著在暗淡的油燈前突而現身並高聲指揮起船隊來的將軍⋯⋯。就這樣，沒想當風雨稍稍停歇下來之後不久，背著艙門在房裡為自己衝動的行徑懊悔有加的將軍，差些就被從甲板上摸黑推窗進來的蒙面刺客給殺了。

這一刻，將軍坐在因曙色而微微發亮起來的艙房裡，眼前站立著臉色倉惶的各船副將們。他一邊以右手掌輕撫著被砍傷的左手臂，同時又不免得壯起他將軍模樣的架勢，追究著保防不當的職責。

「將軍，依我判斷，刺客該是前夜靠岸補糧時潛伏上船的……。」水師副將李雲端懸著他一張瘦巴巴的臉頰，沉沉地解釋著說。

「何以見得？」將軍一出口，便顯現出滿心的不悅。

「不……我想船隊在離開營地時，刺客便跟上了船，潛伏在某條船的貨艙裡……。」船隊後翼主控火槍的家族侄輩林庚，神色篤定地辯說。

「當真嗎？怎麼會呢？」將軍半信半疑地質問著。

征戰在即讓短暫的對話也顯得冗長無比。而將軍則只顧在船艙裡來回踱步，甚少正面去回應眾副將們的種種臆測。在極為恍惚的剎那間，昨夜駭人耳目的場景又會閃過他驚惶的腦際。他記得，他是從擺在桌案前的那面銅鏡裡，猛地突而瞥見閃閃晃亮的刀影，轉過身去，他旋即一把插住槍身在前的刺客的喉頭，將對方握在手中的利刃給奪了過來，下一刻，正想狠狠地劈下刀時，隨後那位身子較高的刺客卻已砍殺而來。他於是轉身迎戰，窄窄的艙房於是陷入一片慌亂之中……。他彷彿望見自己處身於刀光血影的璫璫殺伐聲中。緊接著，當船上的侍衛踢開艙門湧進身來時，無從辨識身分的刺客，在「刺客……有刺客」的嚷聲震響夜半的峽谷之際，噗通地便消失在夜暗中的茫茫水域裡。

臆測在眾說紛云的情形下結束，副將們垂著懊惱的神色和將軍告別。其實，即便心裡對副將們的防衛差事甚感不滿，將軍對刺客潛進艙房並消失於夜河的事態，並沒有表示過度的悖責與埋怨；更不願在此時此刻追根究柢拿辦失職的侍從。因為早在數天前，當他決定揮師前來營救陷困於江山城的總督大人時，副將們便曾為他的安危周詳地考慮過了。

首先仔細考量過這件事的是家族侄輩林庚。將軍依舊清楚地記得，在出發之前的布陣會議上，林庚談及這一路將穿越太平軍佔領的瀕河城池，應慎防刺客趁機肇事。他因而建議，兵分水、陸兩師前進江山城，並在部伍中製造傳言，聲稱將軍因身體微恙，將在陸師的一頂帳中指揮戰局，兵馬只顧聽令陣前陸師副將的指揮行事。會議解散的當夜，將軍便被安置於一只裝火槍的木箱子裡，由林庚帶領隨從將箱子搬上船隊中最不顯眼的一艘舊船，由護衛們以運送貴重軍火為名，在船上保衛將軍的安危。按計畫的步驟，將軍要直到船隊抵達汀州城外的碼頭時，才打算露臉，指揮水師，突襲仍然圍守於城外的太平軍。

林庚的這項布局，知曉內情的僅包括將軍在內的其他五位副將。在會議進行中，將軍沒有忘記，負責船隊導航的副將李雲端甚至態度審慎地表示，無論如何，將軍在船隊航行河上的日夜，都不宜在甲板上露臉，即便是為了吸口新鮮空氣而步出船艙，也會惹來暗算的麻煩。「太平軍是很擅長於埋伏殺機的……刺客尤其懂得虛掩身分。」將軍記得李雲端說這話時，臉上不帶任何表情。

就因為布局的約定是如此慎重其事，將軍在這艘舊船的艙房中，一困便是數個晝夜。開始的頭兩天，他嚴格叮囑自己不可稍稍潛越戒規。為了打發漫漫長長的航程，他於是重又將新寫的家傳與舊版的家史，字句斟酌地比對了一遍，直到發現自己又陷溺進品嘗家族命運的境地中時，心頭才盤旋起李密運送泉麯不知安危與否的事情來。「萬一有個三長兩短，那麼家傳的編寫事業該如何接續下去呢！」將軍這麼在心頭嘀咕幾下，家族命運的種種記憶像濤天浪沫般翻湧而來，他開始感到某種難以捉摸的不安之感，好幾回都耐不住性子探出頭去詢問到底船隊已經航行到何方了！或許，便是由於焦慮之心不斷激盪心頭罷！讓困居船艙中的他逐漸忘卻了安危的顧忌，反倒不斷提醒自己作為一名身處於亂世夾縫中的將軍，日日夜夜徬徨穿行於家族、朝廷與叛反者周旋中，該如何才能衝出困陷的圍城？這樣的困思終而導致他在豪雨傾盆的昨夜，再也無法忘卻自己統御兵陣的身分，毫無顧忌地便衝向雨中的甲板，指揮起驚惶中差些就逢上災難的船隊……。

儘管懊惱與困惑如影隨行，將軍還是認為，他命中註定該會是排除昨夜那場突如其來天災的唯一人選。因此，直到現在為止，將軍當然不會在眾兵將面前表現絲毫的悔意，更不願認定自己有所謂衝動的行徑。現在，船隊已經駛出了黎明的天光，漸漸旺盛起來的陽光從峽谷上的天空照射下來，驅走了豪雨中驚駭萬分的記憶，卻似乎仍然無法驅離將軍一顆擺盪的心。但每當他不經意地想起畢竟是自己的現身導致招來殺機的事情時，卻只是很理所當然地視之為命運中無法規避的事實，如此而已。「該來的總歸會來……就像我終而會在銅鏡中瞧見刺客的刀影一般，一切都在命運的指掌中。」將軍總是這麼輕描淡寫地自我估量著。而後，毫無顧慮地揮起他因受傷而包紮著布巾的手臂，像是在刻意忘卻前夜的驚悸似地朝著船隊高聲指揮說：「直接航向江山城。」

經歷了刺客暗殺事件衝擊的將軍，一整日的航程裡都深陷愁雲慘霧中，雖然，他刻意去掩虛自己鬱卒的心情。如果說，他是因內心備受衝擊而感到心神不寧，那麼這突如其來的衝擊，無疑是根源於某種不斷噬咬內心深處的狐疑。說穿了，與其說將軍是受到驚嚇，倒不如說他是被一種暗箭襲背的不安牢牢地包圍著。此刻為了抒解埋藏內心而不得告人的惶惑，他毅然決意不再返身到隱身的艙房中，相反地，他將座艙裡那把沉重的烏木椅搬到船頭的桅桿下，神色自若地端坐在陽光下，迎著河面上襲來的秋風，他輕聲吟頌著先祖鬼魂教會他的渡臺史詩，藉此走進一種悲壯的情懷中。他甚至壯起膽來，在船頭衝向洶湧的激流之際，以他未受傷的單手擂起鼓棒，去敲響繫在船頭的潮州大鼓。只不過他似乎也心知肚明，這一切的舉止都難以稍稍趨緩深埋於他心中的疑慮。要命的是，當他隱約察覺這疑慮已經開始吞噬著他時，便會莫名地想起李密過去經常告誡他的事情來。「官場猶如迷宮，通往迷宮深處的捷徑是心機，而非坦誠⋯⋯。」將軍想起李密這席隱喻深遠的話語，不禁慨嘆起自己雖擅於用兵，卻拙於在官場中打滾的個性起來。值得稍稍慶幸的是：他屈指一數，此時此刻浮於航道中的李密，如果沒遇上什麼太大的厄難的話，應該只相距船隊兩個晝夜的水程，很快他們又將在江山城外的碼頭重逢了！

將軍這麼想著，他一顆浮懸在半空中的心才算比較落實了下來。船行越過激流奔湧的峽面，在他遠遠地聽岸上的蓁莽叢裡傳來吱吱喳喳的猿啼聲時，眼前已經是波光交盪的江河。從船頭，他望見整條江河挾帶著濁浪洶湧滾向前去，氣勢愈遠愈是磅礡，這時他猛地醒覺到江山城就在不遠的前方，一場鮮血淋漓的殺伐就等在前頭。想到這些，他突然間像抛開了片刻之前的所有疑慮似地，側過臉來，以凝重的神色望一望待命在他身旁良久的護衛。「傳令下去……擊鼓備戰……。」他語氣沉重地命令著。一位貼身侍衛將撐在椅背上的戰袍，審慎地取了下來，而後恭謹地給披在將軍寬厚的肩胛上。這時，江面上響起雷鳴般的戰鼓聲，一股征戰的風雲襲捲過江山城的天空。

江山城的一場戰役，非止未給將軍帶來多大的挑戰，簡直稱得上是捷報飛傳。船隊靠岸之後，將軍指揮登岸的水師以臺勇最為擅長的火槍，在城外的丘陵地上埋伏開來，待一聲令下，便讓急於攻城的太平軍陷於慌亂之中。城外的曠野裡響起「咻——咻」的火槍彈藥聲，病守城內的左宗棠聞聲便從病榻上坐起身來，勉強抱病登上城樓，親自指揮原本已深陷灰敗狀態中的官兵，迅疾以如雨勢般的油火箭陣齊聲射向敵軍的營區裡，讓太平軍在窮於應付時腹背受擊。而後，左宗棠見態勢順遂，便進而派陣將親率突襲精勇數百名，殺出城門，從敵營中間像利刃切開糕餅般，一舉擊潰失去陣勢的敵軍。

戰役勢如破竹，主要歸功於光天化日下的襲擊行動，簡直讓太平軍措手不及，不知如何應付才好。誰料到就在這場勝仗中，將軍竟因稍稍的遲疑而重重地從陵地上翻滾落身來，而原本已康復些許的手臂又給跌斷了！

手臂上纏著層層紗布的將軍，緩緩地攀上經歷過一場慘重殺伐後的山丘，他躬著疲憊的腰身，坐進臨時用來遮陽的一頂帳篷底下，陣陣白茫茫的硝煙從瘡痍滿目的平野上吹襲過來。回想起自己受傷的經過，將軍直覺是一場不折不扣的噩夢。當時，他記得自己已從一處凹凸不平的丘地上立起身來，奮力指揮陣前副將分率部伍由兩面夾擊。正當他左右紛忙地嘶聲呼喊之際，猛轉個頭，卻瞧見遠處的林子裡匆匆閃過兩張稍縱即逝的身影。他一驚，連忙想起昨夜發生於船艙裡的刺殺事件。「刺客……往哪裡逃……。」他不假思索地喊了出來，再定睛一瞧，原來是風吹草葉的漂影，在林子裡晃來晃去，這才讓他鬆了口氣，深深地喘起重息來。沒想，就在這一剎那，一支利箭竟「咻——」地射向前來，差些就命中他的要害。他急忙忙閃了個身，便翻落到丘地前的窪坑裡了。將軍記憶猶新，當他從坑地裡忍受骨折的疼痛立起身來後，隨身侍從立即將他扶到低地上的一棵樹蔭下。他一方面忍著劇烈的傷痛，一方面聽聞殺伐聲在曠地裡陣陣響起，他心頭一陣子紛亂，便也回想起刺客的事情來。「為何刺客在他心裡頭如此陰魂不散呢？」他毫無頭緒地想著，「難道是他心頭的疑惑當真便是事實。」

將軍永遠記得他是如何深深陷在灰茫茫的暗殺行動中，連續在腦海中逼問著自己：「會是誰？會是丁曰健嗎？不，應該是太平軍派來的刺客……嗯！可能是丁曰健的一項祕謀行動。」

現在，將軍是不願也不敢繼續思索刺殺行動的事情了。他告訴自己，如果是太平軍所為，事態還不嚴重，因為此為兵家常見之行徑；但若為丁曰健唆使的祕謀，那意味著文官的鬥爭將讓他窮於應付，更可怕的事情是：營區中必然已有人與對方勾結，安排殺手靠近身來。聯想到此，將軍只能打個哆嗦，不敢再想下去。從帳篷裡站起身來，由城內突襲而出的總督衙府陣將，恭敬地立身在距將軍有一段距離以外的山丘下，等候將軍做進一步的指示。

「緩兵不動……臺勇暫且留守在此……。」將軍朝著身形壯碩的陣將若有所思地說，「盡速將你的部伍拉回城裡，並轉告左大人，太平軍勢將再度來襲，到時候，我方的陸師將予以出其不意的痛剿。」

將軍已從軍探的消息裡得知，由石達開所率的太平軍已經從南方出發，隔日便可與受挫的太平軍會合，勢將挾帶悻怨回來再襲城池。想繼續打贏下一場攻城之戰，唯有仰賴即將抵達的萬人陸師了。當然，計策還是很重要的，如果一切如他的安排，那麼以連續奏捷的氣勢結合李密運送而來的泉麯，必將獲得總督大人的再度賞識。

情勢果如將軍所料，重新集結的太平軍，不到一天的時間就回過頭來，準備再度襲城。將軍在帳下，遠遠地聽聞轟然作響的兵馬行進聲，從山丘以外的平野隱隱地傳了過來。他抬起抬頭來，一抹血染般的夕陽暈紅了整片天際，再屈指一算，深秋時分，依曆上記載，不到一個時辰之久，天將暗下來，石達開所率的軍伍勢將就地駐紮，恰好給了等待陸師前來會合的將軍，一個重新布局的絕佳機會。說起來還真是湊巧，就在這時，營下派出的軍探適時地返回來報告說，由陸師副將所率的萬人兵馬，已經駐紮於北方不遠的一處平野上，明晨即可揮師前來會合。將軍在帳下微弱的燈光前沉思了良久，而後囑咐部屬們先歸營去準備下一波的戰事，夜裡隨時候傳進一步的軍令。這一個夜晚，離將軍軍帳不遠的侍衛們，都不難映著夜色底下一盆盆的篝火，瞧見將軍的身影在軍帳裡來回焦急地踱著方步。

就在午夜時分，將軍同時傳令給軍探和陣前副將，要他們立即到帳下來商討軍機。

「通報下去，各營立即撤回船上……。」將軍神色凝重地說。

「什麼……。」林庚耐不住性子，焦慮地惑問起來：「將部屬都撤回船上，這是您的意思嗎？」

「將軍的意思是……？」一旁的李雲端似乎知曉這是將軍的一計用兵之策，機靈地想詢問個清楚。

圍聚在將軍身旁的其他三位副將和一位軍探，也露出了和李雲端相類似的好奇目光。然而，經歷過暗殺事件的將軍，並未直接回覆李雲端的惑問，只是加重了語氣強調說，「對的。我的意思是：立即趁夜撤軍回船上，而後將船駛向下游不遠處的沼澤地裡停泊。」

將軍轉過身去，揮手示意各副將退下，只壓低了嗓門，深思地說，「請軍探留下，另有任務交辦。」

正當幾位副將摸不著頭緒地露出疑惑的神色之際。將軍突而背著眾副將們，接下去說道：「凡在撤離時發出喧鬧聲者，立即在陣前處斬。」

這一次無聲的撤離行動，在將軍的征戰生涯中，一直是兵家津津樂道的一樁要事，理由是他相當成功地運用了空城之計，讓來犯的石達開部伍在攻城之前誤以為將軍的部隊已經撤離。事實上，就在將軍下令船隊移往沼澤地之際，他遣送的軍探便已悄悄地前去密見陸師副將，轉達他要副將兵馬遲一個時辰動身，並繞走江岸前來會師的訊息。將軍預計隔日午時當太平軍在城外的軍事行動展開之前，他統率的水陸兩師將分兵東西二路，從城外展開緊急包抄行動，一舉殲滅毫無後防準備的對方。

拿戰場和官場的事情相比較，將軍一向認為前者是天算不如人算，得善用機宜方能致勝；但後者則往往是人算不如天算，再怎麼計議也令他感到挫敗不已。有趣的是，將軍在戰場上通常很懂得運用官場的權謀；在官場上卻落得只剩戰場上衝鋒陷陣的膽識。面對這樣的人生情境，將軍只能在弈棋時偶與李密徹夜交談，而最終的結論也總歸因於這是家族無可破解的命運罷了。

恐怕便是以類似的思省罷！將軍面對眼前的戰役，就算胸有成竹，卻多多少少對進城後謁見總督大人後即將發生的種種事態，不敢抱持過分樂觀的預感。他總是不安地感覺著，即便總督大人對他有再好的安排，官場中的變數實非他能把持。

事實也是如此，將軍的布陣並未遭遇多大的阻礙，太平軍的城下之役，因敵不過從背後襲擊而來的大隊臺勇，一番激戰之後便嘗到敗北的滋味，抱頭流竄而去。然而從將軍事後得知的軍情中證實太平軍確曾在攻城之先，派了一支精銳的隊伍在水師原本停泊的碼頭附近，來回巡視了好幾回，直到確定已無舟楫的蹤影時，才呼嘯地轉頭朝城池的方向疾馳而去。嚴格說來，太平軍的回襲計畫，稱得上是經過周詳的準備。至少，一支由猛將錢江所率的精兵一度駐紮於離城較遠的據高點上，想藉以防範將軍兵馬的包抄突襲，這項防堵計畫可惜並未貫徹執行，否則臺勇的剿殺行動未必見得會如此順遂。

眼前的情勢是：中計而慘遭敗北的太平軍，已從瘡痍滿目的戰場竄離而去時，將軍正騎著那匹由陸師副將特別為他護送而來的駿馬，從烽煙瀰漫的沙場攀上一處高地。在將軍自己看來，他似乎比起過去更能充分掌握該如何妥善安頓殺伐過後的動盪心境了。雖然，每每他受傷過後的手臂在不小心使勁時就會隱隱作痛起來，這又會讓他聯想起潛伏在生活周遭的殺機。但這時將軍心中盤算的還是如何親率大軍並攜帶泉麵進城，向總督大人當面稟功。

「戰場的殺伐難以弭平心中的刀光血影。」高立在馬背上，以某種勝利者的身姿環視軍伍的將軍，猛地想起李密曾經多次這樣形容過奏捷的滋味。記憶中，上一回李密說這話時，將軍剛在汀州城打了一場漂亮的勝仗，卻苦於不知如何應付丁曰健從官場裡一路暗算而來的計謀。

秋後的戰地，在烽煙的籠罩下，感染著一股肅殺的氣息。遠遠望向前方，將軍瞧見江山城的城樓上站著一張佝僂的身影，似乎正朝著他憔悴地招著欣悅的手勢。將軍打從心裡明白，是總督大人正以興奮無比的心情準備迎他入城。「只可惜這一回沒能與你縱酒狂歌了……。」將軍想起每回與總督並肩作戰勝利之後，總免不了要通宵達旦地飲酒作樂，好像唯有在醉得茫茫然的場合裡，總督大人才會撤去他嚴守的人生分際，酣暢地大聲朗笑起來，並毫無顧忌地作出一些平時官場上所不為之事。就拿上一回來說罷！在汀州城一役之後，將軍雖然被丁曰健後來居上地擺了一道。但，就在那以後不久，當總督大人在衙府設宴犒賞戰功彪炳的各軍將領時，將軍便被邀上貴賓之座，聽到好幾回大人以讚嘆的語氣褒獎臺勇。最令將軍難以忘懷的是：酒至三巡以後，醉興滿懷的總督甚至在巡撫徐宗幹滿臉不悅地瞧著一旁的丁曰健時，當著眾官舉起酒杯來，以「封疆大吏」四個字鏗鏘有致地稱讚了將軍一番；並藉著幾分酒後吐真言的膽識，結結實實地修理了原先任職提督的石楝。「豈有身負將軍大職，卻只懂得疏通衙府文官之道理。」總督大人這句話，雖只提到石楨是靠討好官場而升任提督一職，但在場明眼的武將都知曉，這話其實僅說了一半。沒說出來的另一半應該是：「豈有身為高高在上的巡撫官職，不懂明察秋毫，任由部屬貪橫不法的呢！」

當夜的宴席，著實讓將軍深深地體驗到酒後吐真言這句話，非止在他同儕之輩受用，事實上，也適用於總督大人這樣位高權重的人身上。只是，將軍雖因此對總督大人的酒興愈加欣賞。事後，他卻也從衙府裡的友人身上得知，總督大人每每對自己醉酒後總易道出肺腑之言一事頗有悔意。

想著。將軍又陷落在抑悶的回憶場景中。不久，他遠遠地望見江山城的城門緩緩地打了開來。一位身姿雄偉的陣將，領著一隊手持總督戰旗的騎兵，從城裡快馬加鞭地奔馳而來。他心裡明白，是總督派陣將前來催促自己進城了。

「李密呢？」將軍側過臉去，慎重地詢問身旁的副將，「他的舟楫到岸了嗎？」

「報告將軍，消息剛剛傳來，李大人的船已經快到岸了。目前已有一支隊伍在岸上待命，隨時護送泉麵進城！」副將滿臉喜悅地答覆說。

將軍聽聞李密即將抵達渡口，二話不說，拉起馬韁便朝河岸方向飛馳而去，將從城裡來報的騎兵拋到遠遠的煙塵以外，令在場的副將們見狀，都直感錯愕不已。

李密的到來，讓大夥兒們著實鬆了一口氣，對於將軍而言，則更意義非比尋常。因為，進城之後，除了可藉獻泉麵之舉獲致總督大人的賞識之外，將軍還得去思索下一步的棋局。換言之，將軍已經多少知曉臺灣的亂局愈演愈烈，總督大人應該會在江山城裡授命將軍移師返鄉平亂；但據可靠的消息報稱，丁曰健在得知將軍可能授命返臺之後，已經透過巡撫的推薦，向總督大人報備亦將於近日帶兵赴臺。理由是朝廷中向來認為以臺勇平撫在臺亂事，易生弊端，更何況將軍的胞弟自返臺後，始終未傳回戰蹟，足見臺勇不可相信。面對這種種複雜情勢的推演，將軍更倍感需要徵詢李密的意見。

將軍的坐騎韻律有致地穿越過一支在碼頭上等待護衛泉麯進城的兵伍。這是一支經過挑選而特別編組的衛隊，成員包括伙伕、命理專家以及有經驗的郎中。他們是將軍授命下的產物，專門負責進城之後醫護或安頓總督大人的病體。而眼前的情景是將軍從馬鞍上跨下來時，恰巧便瞧見李密帶著些許疲倦的身體，審慎地護著沈香玉走出船上的花帳。這情景，看在眾多兵勇的眼底，自然顯得奇特有加，對於將軍來說，他則更是感到驚訝不已了！

風襲過菅芒花翻白的渡口，將軍望著走近身來的李密，感覺好似有什麼事情發生在對方的航程中。特別是當跟隨在李密身旁的沈姑娘，從河風中緩緩移近來時，將軍頭一個閃過腦海中的念頭便是：「如此風華的女子……，想必有非比尋常的事情發生了。」

「大人……。」李密以將軍最為熟知的身姿恭謹地站在風中，「容我向您介紹，這位是沈姑娘。」

「這一趟可都還順利罷！」將軍殷切地問候。

從見到將軍的第一刻起，李密便或多或少明白，此次進城後，將軍勢將面臨生命中的另一番波折與挑戰。也因此更需要他的全力輔佐與獻策。然而，當下的情境卻因沈姑娘的出現，難免引來將軍的錯愕，在此情形底下，感到尷尬的可能就不止李密一人了！

為了抒解彼此間因沈姑娘的突而出現所造成的異樣，在將軍帶領數千名水陸兵勇浩浩盪盪進城的道途中，李密一五一十地向威風凜然地高坐在馬鞍上的將軍訴說此行返鄉旅程中的遭遇。唯獨當他提及沈姑娘時，只說是出於惻隱之心才將伊帶在身旁，並未細說彼此相識的種種情景。對於沈姑娘曾在太平軍中被擄為妾的往事，則更是絕口不提。

出乎李密意外的是：將軍好似也不甚熱衷於詢問有關沈姑娘的任何事情，只是頻頻點頭表示他都聽進去了。但，李密似乎能夠從閃過將軍臉上的微慍得知，這一切並不是將軍很樂意見著的情況。

事實上，此時此刻的將軍打從心裡盤算著在未來的歲月中借重李密之處勢得愈來愈多，雖說李密與他帶回來的這位女子發生戀情，也是意料中事，卻也免不了會影響到彼此的合作關係。「至少，一個中年男子對美貌年輕女子的愛慕，總會是難分難捨的……。」將軍這麼想著，神色詭然地望著身旁騎在馬背上的李密，不發一語，只是臉上泛著某種神祕的氣息。

儘管早經囑咐前來通知速速進城的衙府保衛，回到城裡稟告總督大人，千萬不要舉行任何歡迎臺勇入城的儀式。但將軍一進城時，已見總督大人抱病高高坐在臨時搭蓋起來的一座戲臺子中央了。面對這種景象，將軍倍感熟悉，因為在曾經的幾場重大戰役中，總督大人都會以近乎類似的姿勢高坐於幾近相同的戲臺子上，表現出某種氣蓋山河的魄力，當然從這一回的情景觀之，總督大人看來是不比從前許多了。在過去的經驗中，識得或不識得總督樣貌的市井小民，見此情景，一般都會讓這氣勢給震懾住了。這是將軍的親身體驗，但在另一方面，將軍似乎也知曉，就那些接近總督卻未見被提拔的僚屬而言，卻也都不免在重複目睹此一情形發生之際，互相冷冷地瞧上一眼，而後以並非過於惡意的語氣，啐了一口說：「真是好大喜功哩！」

總督大人的這項行徑到底是威武具現或好大喜功，將軍始終難以判別，也不願去判別。因為，無論如何，在將軍的眼底，總督大人是對他有拔擢之恩的父兄輩人物。當下，他又是懷著領功受賞的心情攜帶治癒瘧疾最為有效的泉麯，準備當著眾家鄉的子弟面前，謁見位高權重的閩、浙總督。因而，在這樣關鍵的時刻裡，他直覺的反應便是立刻躍下馬背，率領成千的子弟兵，在城門的內外跪地問候大人安好，並趕忙囑咐身旁的李密速速將一罈又一罈的泉麯搬上戲臺子，當面呈給病中的大人。

很顯然地，面對這一回的慶功宴，總督大人表現得收斂多了。在過去的幾次經驗中，將軍永遠記得，總督大人總是通霄達旦地開懷暢飲。有一回，甚至請來唱戲班子，在戲臺上以一齣「過五關斬六將」的戲班子來慶功，讓歷經殺伐過後的弟兄們，快快活活地酣醉一整個夜晚。那回看戲時，將軍被邀坐在總督大人的身旁，也是他頭一遭體會到在朝的要員是如何面對榮華背後深蝕人心的空虛之感。因為，就在他從空氣中嗅到一股極具雄性魅力的氣味時，總督卻仰頭一飲而盡手中斟得滿溢的白酒，低垂下他鐵青的臉，醉語連篇地低喃著說：「文察老弟……如果人生可以再來一次，我絕不踏進官場一步。」將軍猶記得，那一夜的戲臺子上，戲班子幾乎唱破了嗓門來歡慶奏捷的戰役，就在鑼鼓喧天價響之際，總督還是以嘶啞的聲調向他重複敘說著上面的這一句話。將軍當然知道，藉此總督大人終而發洩了內心的抑悶，然而，就不知道坐在席上另一旁的巡撫徐宗幹是不是聽見了這席嘶啞的吶喊了！果真聽見了的話，對方又會作何感想呢？將軍其實有些憂心不已！

雖說酒入愁腸以洩困悶是將軍熟悉中的總督大人，比起上回的狂歌縱情，眼前所見卻是截然不同的情景了，總督大人僅在慶功宴的席間向眾將領們招了招手，便回房歇息去了。

現在，浮現在將軍眼前的是一具失了魂的軀殼，勉強地掛在病榻的蓆鋪上，對著他擠出一絲苦澀的笑臉。

「文察老弟……這一仗虧你來解圍……真是辛苦囉！」大人上氣不接下氣地說著。

「大人，您好好休養身體，千萬不要過分擔憂。」將軍顯然是自信滿滿地說著。

這一刻，總督大人擔憂著臺勇在戰役中的折損情況；將軍卻連忙吩咐李密將陳年的泉麯端向前去。由服侍在旁的婢女細心地倒在一只雕花的釉瓷杯裡，讓昏沉中的總督大人一口喝了下去，而後，靜沉沉的臥室裡便傳出了呼嚕嚕的聲響。這時，將軍以些許訝異的眼神，瞧著李密體貼地走近沈姑娘身旁，輕聲細語地吩咐沈姑娘留下來服侍總督大人。

總督大人呼呼入睡。關切家鄉亂事的將軍和李密趕忙召來總督的軍機侍從，想進一步瞭解近況。從軍機侍從的轉述中，將軍得知戴潮春亂事已在家鄉愈演愈烈。這位侍從而以口頭報告的口吻，像朗誦一封書信般道出臺灣亂事的狀況。當辭句生冷的敘述一句句傳進將軍的耳際時，將軍的腦海中卻閃過一幕接連一幕的征戰場景。

對於家鄉的亂事，將軍似乎日有所思，心有感應。他聆聽著總督侍從的敘述，恍然望見遠遠的江山城外，戴潮春正率領著龐大的軍伍對困守家鄉附近彰化城內的守軍，展開最後一波強勁的攻勢。他彷彿望見一陣接連一陣的火砲，從城牆外拋進城池內，就在烽火大肆漫燃著營房、馬廄與廟宇之際，披著散髮的叛黨，已從攀在城牆上的竹梯爬上城垛，不多久，便將據守城樓的官兵給斬殺得血流遍地。殺伐的圖像從將軍的腦海中一頁接連一頁地翻過。緊接著，據守城樓的戴潮春部屬，在血影刀光逐漸沉寂下來之後，從城垛上升起一面畫著八卦圖誌的旗幟……而後，城門在陣陣嘶喊的歡呼聲中緩緩地拉了開來。這時，身著黃袍，頭戴黃冠的戴潮春，騎著他那匹棕色的駿馬，在眾叛軍的前呼後擁中，從沙塵飛揚的城門前現出身來。

將軍打了個寒顫，一雙肅殺的眼神凝視著身旁顯得有些倉惶的李密。他感到某種不祥的氛圍像冬夜的寒流般，正不斷地朝著他圍攏過來。事實上，依據軍機侍從的第一手消息，從戴潮春攻佔彰化城後，動盪的情勢便在整個島上激越地翻滾著……。入城以後的戴氏，先是以遵奉明朝的典章制度自封為大元帥，而後布告縣城的百姓蓄留長髮，剪除髮辮，並恭奉延平郡王，燃香叩拜。與此同時，約有數十名朝廷的武將在被俘後綁赴刑場正法；至於，被囚於大牢的文官，則以集體自盡來表示盡忠於大清皇朝。

從軍機侍從的稟報裡，自殺的文官是在親睹兵備道孔昭慈服毒自盡後，有感於孔氏的氣節而紛紛懸樑自盡。但是在日後，將軍卻意外地從一位死裡逃生的文官所寫給他的密函中得知，孔昭慈是在讓文官們喝下佯稱是解暑甘泉的劇毒水之後，才自裁而亡。這位同樣出身臺灣的文官在密函中並提醒將軍，「命運對吾等紳族出身的文官，簡直就像一場噩夢。」密函中這麼寫著，並以迷茫的語調接著說，「到底在朝為官或蓄髮舉事何者才是叛黨呢？唯有留待歷史去做判定了。」

從將軍接到這封密函以後，幾乎甚少問及寫這封匿名密函的文官到底可能會是誰，更遑論提及任何追究此事來龍去脈的事項了！倒是在日後的征戰生涯中，這封密函經常讓將軍深陷困思之中。

就在當夜，將軍輾轉床榻，並備受一場恍若實情的夢境所折騰。在夢中，他發現自己騎在一匹飛馳的駿馬上，衝向雨勢滂沱的荒野中。他突而舉目回望，已見不到任何人影。一片迷茫之中，突然瞧見馬蹄所踏都離不開一幅刻畫在沙地上的八卦陣圖。當他再抬頭時，卻望見一陣強烈的光芒照射下來，這時他又揮鞭衝向前去，卻在逆光中恍然瞧見戴潮春的身影矗立於光影的交叉處，從腰際抽出劍來，他剛想往前追殺過去，卻發現前方的身影搖晃了片刻，立即換上一張臉，並以一種他異常熟悉的身姿，突而昂首朝他縱聲嘲笑起來。再定睛一望，原來竟變成是太平天國的東王楊秀清。這時，他轉身想遁去，便遠遠望見李密正隔著重重迷霧朝他露出驚惶的眼神……。他一心急，就喚李密前來，想問個究竟這到底是怎麼一回事。卻當即發現沈姑娘僅僅以一張冷漠的臉孔，便緊緊地圈住了李密的行動……下一刻，李密隨著沈姑娘一起消失在霧茫的一片濕地上。

將軍滲著一身冷汗，從床榻上轉醒。他心想著，昨夜總督侍從的話說：「戴潮春叛黨為響應太平天國舉亂，仿效太平軍的體制分稱東、西、南、北四大天王。」

被折騰得難以成眠的將軍，醒在總督大人特地為他安排的一間客房中。就在裝置華麗並擺放著稀貴古畫和骨董的雅室內，他來回焦慮地踱著步，直到夜已經在三更後變得冷涼起來，他依稀不安地想著夢中的場景。於是，他又習慣性地想起那面總是迴映著他內心狀態的銅鏡來。「或許，總也能夠從鏡像中看出什麼特別的徵兆來罷！」這麼想著時，將軍已經攬鏡兀自出神地凝思起來。說來也當真令人感到意外，浮現在鏡像中的竟是沈姑娘一張冷漠微笑的臉孔，但只閃現了片刻，便又消失於無蹤無影。對於鏡像中浮現的情景，將軍先是一片錯愕，接著便倍感心慌意亂。他心想，這到底又是怎麼一回事呢？難道沈姑娘亦將成為命運中一樁不可逃離的變數嗎？這麼一想，他急著想將鏡子給移開，卻發現雙手像著了魔似地緊握著鏡框。他於是在難以抗拒某種內在的驅使之際，抬起頭來瞧了鏡子一眼，這一回，卻驚地閃見一灘血光從鏡底濺灑而出……。猛然一躲身，他發現什麼東西都沒有……．除了自己被嚇得失了魂。

就在將軍從鏡像中瞧見血光的幾天之後，一樁血腥事件便發生在彰化城外數百里遠的東大墩。事件的來龍去脈是當時駐紮淡水的同知秋日覲與北路協副將林得成，在得知彰化城已經陷落之後，立即召集兵勇數百，率兵千餘，從淡水經竹塹一路南下。軍伍在越過大安溪之後，丁同知決定徵集在地兵勇參與戰事，藉以壯大聲勢。就在此時，一名自稱從阿罩霧來的男子，以彪悍的身形和精練的刀法，在徵勇的試武行列中，深獲同知的賞識。這名男子自稱憨虎，並一路徵集了數百名刀客加入兵勇的行列。同知原本授與他重責大任，要他組合一支精鍊的突襲兵伍，以便來日攻城時可適時派上用場。未料自稱憨虎的男子在營中被阿罩霧林家派來通風報信的陳將識破身分，暗告知府此人是亂黨的同路人。於是，當軍伍行進到東大墩時，秋日覲在一片墳坡前訓戒襲城前的兵勇。他並公開斥責會黨其實與殺人放火的逆賊無異，想藉此威懾憨虎及其同路人。沒想就在丁同知未展開下一波肅殺行動之前，人群堆裡突然傳出犀利的反駁聲：「會黨？誰是會黨？會黨在哪裡呢？」

群眾當中憨虎的同路僚屬發出這樣的斥聲之後，憨虎見狀，立即衝出兵伍陣中，登上一處小土堆，亮出晃亮的刀劍來，大聲悖責：「誰是會黨？現在高高站在墳坡上的人便是最大的會黨之首。」

憨虎在群眾中囂聲嘶喊，將兵勇的情緒給突而燃上火油。就在丁同知措手不及之際，憨虎一個箭步躍向墳坡，揮刀將丁同知給當場弒殺。兵勇們見狀，正想抵抗，卻發現憨虎的部屬早已將副將林得成給制伏在地上。

一場兵變就此發生。除了讓總督大人在從病魔中轉醒過來後，趕忙催促將軍返鄉平亂之外；並演變成日後丁曰健得以運用手段早先一步抵臺剿亂的事實。

宛若囚渡在
黑水溝的旋流中……

將軍率帶大軍從江山城的東側迎著朝陽離去時，總督大人已經康復了的病體換上一張精神奕奕的臉孔，站在城垣上和將軍揮手道別。為了避免讓太平軍察覺將軍拔營而去，城內守備陷於空盪，將軍決定讓大軍分兩次前後撤離。首先撤走的水師，已在昨夜深更時分，從西側門潛行移師，趁著夜深人跡杳然返回漳州駐紮地。由於，暗殺事件的陰影依舊存留於將軍以及水師副將的腦海中，而關於策劃此一暗殺事件的主謀到底是誰？卻又久久不見任何水落石出的徵兆。將軍在百般思慮而苦無結論的景況下，決定將水師副將李雲端換成陸師副將，跟在自己的身旁，表面上的理由說是有利於行伍的進行，事實上，說穿了還不是想將親信武將帶在身邊，方便處理暗中叛亂的事件在營中發生。另外，即便在處理陸師方面的事宜，將軍也顯得審慎有加，他從東側門拉出的大軍，是一支精銳的部伍，專擅於突圍以及應對臨時發生的危機狀況，人數僅有數百人。另有一支大軍，則由施姓兄弟率領，提前於日出之前沿江岸跟隨水師之後返回駐紮營區。

從踏出江山城的城門起，將軍便陷於某種恍惚的狀態。日以繼夜的軍旅歸程中，將軍數度停下綿延數公里長的兵伍，在沿路上任何見得著殘存簷宇的破廟裡，展開一場接續一場的軍機會議。每一回，在眾將的一片沉默中，將軍總是刻意解釋說，「最重要的便是檢討江山城一役的戰績。」但，每一回當將軍重複這席話時，眾將們卻都打從心底明白這只不過是將軍為了抒解內心的不安而虛擬的說辭罷了！因為，任何人都清楚江山城一役大軍奏捷，何來檢討之需要，而將軍的這項作為，只有更進一步地說明了暗殺事件的疑雲依稀緊緊地圍攏在將軍的心底……。有一回夜深時，陣前侍衛全部因疲憊不堪而呼呼入睡，將軍突而一時興起，刻意解除經久掛在腰際的刀劍，落落大方地步出暫時歇宿的大廟門口，想藉此試一試自己赤手空拳面對殺機的膽識，進而揮去長久蒙覆內心的暗算疑雲。沒想，就在他一腳踏出大廟門口的石階時，抬頭便瞧見一輪殘月高高懸在殘簷的夜空上，那情景似陌生又有些熟悉，他稍稍在心裡震盪起伏片刻，便勾起了家鄉四合院在秋夜中的景象。他回想著，雖然沒曾感受到多麼巨大的傷感，卻立刻無端地想起何時才能接命返鄉討剿戴潮春亂事的事情來。隔天一大早，將軍第一眼瞧見在軍帳前刷洗馬背的李雲端時，便急急忙忙吩咐對方，多方瞭解衙府裡調兵遣將的事態，因為，他已多少聽聞丁曰健正透過巡撫的安排，積極向總督大人遊說搶先臺勇一步舉兵渡臺弭平亂事的消息。

如果說這一趟軍旅和過去類似的軍伍行動有所差別的話，那麼，將軍的態度應該是最受到矚目的例子。至少，從他開始與李雲端這名陣前武將談起軍機要事的事態來看，就頗為不尋常。這些事，身負幕僚要責的李密雖一直被刻意地矇在鼓裡，卻多少知其一、二，從而便也感受到被冷落的滋味其實並不是很好受。然而，就將軍這方面而言，卻也不見得就舒適多少。在他甚少召見李密前來商榷軍情機要的數個夜晚，經常冷汗沁背地從噩夢中驚醒過來，心情極端不安地從那面銅鏡中瞧見沈姑娘漠然毫無血色的一張臉孔。

然而，將軍與李密之間畢竟有著任何人、事都不易取代的情狀。無論如何，李密終究還是將軍難以長久疏遠的親信，特別是在面對家史的整理、閱讀與書寫的關鍵時刻，將軍一心一意想傾訴的對象，仍然是精於詩書的李密，更何況他們之間有一段深遠的、如兄弟般的情誼！這種情景，在將軍率領大軍風塵僕僕地回返漳州駐紮營地時，便活生生地重現在眾將領以及兵員面前了！

就在水、陸兵馬陸續安抵營區之後，將軍輕易地便將操練的刻表移交給信心飽滿的李雲端，並叮囑他經常派出探子到城裡探聽巡撫方面調兵遣將的動向，以免錯失了任何返鄉剿亂的良機。至於他自己，則在經過一天一夜的充分休息之後，漲紅著他精神奕奕的一張臉，端坐在帳下那張原木桌前，專心閱讀著移民世代流傳下來的一首七言詩。這首描述泰雅族人半耕半獵生活的詩作，留有先祖的筆跡，從字裡行間的筆墨觀察，則可能因經歷過兩個世代先人的輾轉抄寫而留下漫漶的墨跡，詩頁夾在先祖的家傳之中，顯得滄桑而格外令將軍動容。很可惜的是，熟讀三國、水滸的將軍，對於詩的義理竟然有些疏失，這便多少讓他感到挫敗了！

將軍在桌案前端坐良久，就等著李密前來和他商議家史整理如何繼續進行下去的事情。擺在桌案上的詩行寫著：

獉獉而遊狉狉處，半耕半獵貪娛禧。
冬月獸肥新釀熟，合社飲酒社鬼祠。
酒半角技呈百戲，琴用口彈簫鼻吹。
雄者作健試身手，雌者流媚詩腰肢。
距躍曲踊皆三百，雞冠斷落鴉鬢歌。
舞罷連臂更踏歌，歌聲詭異雜悲歡。
乍聞春林哢鶯燕，忽然秋塚鳴狐狸。
酒缸不空歌不歇，落月已挂西南枝。

從離開江山城直到移師回返的道途中，李密除了偶與將軍寒喧之外，幾乎甚少交談。李密有時不免會想，難道將軍對沈姑娘的事，竟然在意到如此不容情的地步嗎？這多少令他感到費解。如今，將軍再度召見他，光用常理也不難判斷必然又是為了家史的整理與寫作。

李密以一種比起過往更加審慎的態度靠近將軍的身邊來，相較於過往那種稱兄道弟的親暱，這一回，彼此都顯得冷淡了許多。將軍面無表情地將一紙詩頁遞到李密的眼前，只在很短暫的片刻之間，李密便將整首詩給覽閱了一回，而後便在愈來愈趨向晚的軍帳中，和將軍逐行逐行地解釋起詩句的內涵來。

「瞭解一首詩的內容倒不如去認識寫就那首詩的背景……。」將軍突而變得嚴肅起來，好似想藉此考一考李密的學識。

李密自然能體會將軍此時此刻的心情，如果將這樣的詢問視作測試學識能力，倒不如說是對移民世代在家史中的記載有著一分深深牽繫罷！

對於發生在不到百年前的歷史，李密不假任何深思便陳述了發展的脈絡。他從康熙中葉臺灣中部的漢族移民逐漸增多談起，而後又提及當時已在南部拓墾的泉州及客家移民陸續向朝廷申請拓墾的事蹟。「將荒旱的郊野拓植為一片片水田耕地，成為當時最重要的一件事務。」他說。

「為了開發水田也曾經發生過許多流血事件，不是嗎？」將軍若有所思地問。將軍對拓墾水源導致廝殺遍野，更有兇悍的蕃人時而出草的事件，表現出熱烈的關注，讓李密多少感到有些訝異。「然而，生活原本就是一場血淋淋的殺戮。」將軍說這話時，語氣不尋常地傷感起來。事實上，就在他接旨征討太平軍之前，在阿罩霧家鄉也曾親自遭逢類似的血腥殺伐。他回憶著那個霧氣瀰漫整個林野的清晨……。回顧那樁往事，便不免得想起當時家族的境遇。那一回，家中的丁勇們在朝廷的徵集下，絕大多數外出討剿遠在鷄籠外海舉事的小刀會海賊。他突而聽聞家叔憂忡有加地提起家鄉後山發生的一樁血腥事件。

經詳細詢問之後，他才得知竟然是家中一房遠親在泰雅人出沒的山區任職通事，由於經常協助進山的族人開發水源，在一場戰鬥中被前去圍剿的蕃人擄獲。「通常，一旦發生了類似的事情，便只有等著人頭落地了！」將軍轉述著家叔的話語，直讓一旁的李密感受到山林中殺伐的血腥氣息。

「於是，你便被指派前往營救這房遠親了嗎？」李密問說，露出一臉的困惑。

「與其說是營救，倒不如說去將失去的水源給奪取回來罷！」將軍淡漠地繼續說道在得知這件事的來龍去脈以後，他便率帶家中僅存的幾名丁勇，攜著火槍、備好糧秣，往山區潛行而去。他們一行十數人摸著夜茫在蓁荒的山徑中歷經折騰後，終於抵達一處隱匿於山澗的埤塘，塘面四周瀰散著陣陣濃霧，正當他們將備好的設椿鏟具從馬背上拆卸下來之時，一陣神祕的馬鳴聲突而從對岸霧深的林子裡傳了出來。

「緊接著……，」將軍皺起他額上的濃眉，緩緩地繼續說，「就在接下來的一片死寂之中，突而從霧茫裡飛出一把刃面鋒亮的蕃刀……。」在將軍的回憶裡，那把蕃刀「唰！」地一聲飛砍在他身旁的一株樟樹幹上。他一驚，差些就從馬背上給摔落下來。

「而後呢？」李密聽得入了神，緊張地追問說。

「就在緊張的氣氛隨著茫霧圍聚過來時，突然塘面上吹起了一陣林風，飄散了濃濃的白霧。」將軍神色安穩卻語帶玄機地繼續說，「那時，我親眼看到雙頰上刺著青藍色紋斑的蕃人頭目，手中拎著遠親通事血淋淋的頭顱，一雙憤怒的眼睛盯著飽受驚嚇的我們。我至今仍記得清清楚楚，他就站在塘的對岸，動也不動地，一點都不露驚慌的神色。」

隔著一池塘水相互對視的將軍和泰雅族頭目，久久都未曾興起廝殺的念頭。事後回想起來，將軍也甚感百思不解，然而，那場面對面的凝視，卻好比是某種神祕的儀式般。隔日，當將軍從營地的餘燼旁拉著背蓋惺忪醒來時，卻發現身邊的侍衛們都僅存殘喘的餘絲了！將軍說他慌亂地搖晃侍衛們的軀體，卻發現對方嚥下最後一口氣，便紛紛口吐白沫，橫屍於塘岸。

「我想，」將軍長吁了一口氣，「那便是所謂的瘴癘之氣罷！」

軍帳裡此刻冷凝著一股肅殺的氣息。

「是啊！像是一場詛咒一般……。」

「什麼，你說什麼……這像是一場詛咒嗎？」

將軍對於李密以「詛咒」兩個字來形容他與頭目的一場遭遇，深深地感到不安，進而有些悻悻然。

「哦……，我說這話其實不帶任何冒犯的意思。」李密忙著尷尬地解釋說，「只不過，我始終感覺在拓墾的時代裡，先祖的雙手不免沾染著廝殺的血腥氣味……。」

李密說完這話，將軍兀自在燈下擺著一張困窘的臉色，雙方的對待似乎又憑添起某種不悅。只是將軍自始至終都沉默著，那一夜，直到夜深時分，李密才從將軍的帳下離去，他們的交談斷斷續續，顯然不如以往融洽。

獨處帳下的將軍，對於李密不經意脫口說出的「詛咒」兩個字耿耿於懷，心中總是回想著昔時在霧野中和泰雅人遭遇的往事。入眠以前，將軍翻閱先祖的家傳，讀到移民拓墾時期，三位泰雅族頭目曾協助清廷剿平林爽文亂事。在一整段的文字描述中，更隱約提及家道中墜受林爽文事變的牽連甚廣，對於泰雅族人的驍勇善戰著墨頗多。

或許，便是這頁家史令人夜長夢多罷！那個夜裡，將軍睡得不熟，最後醒在一片恍惚晃動的燭焰中，並且矇矇曨曨地瞧見一張半個桌面大的圖紙，從大帳的端頂輕輕飄曳而下。

揉著迷迷糊糊的一雙肉眼，將軍好奇地瞧那張準確地掉落在燭焰旁的紙張，竟發現是一張繪筆工整而細膩的戰圖。「這是什麼戰圖呢？怎麼會從天飄降下來呢……。」將軍打心底惑問著自己，下一刻，便感覺到身旁似乎有張身影正牢牢地凝視著他。他猛一回頭，目光恰好便落在先祖鬼魂顯得有些憂鬱的臉龐上。

「這是福安康在斗六門一役收拾林爽文黨徒的戰圖。那時，我正準備踏上流亡的道途！」先祖鬼魂沒等將軍清醒過來，便回應他心中的惑問這麼說，「從戰圖中，相信你不難明白叛反之徒的結局，當真令人感慨萬千。」

「家史中記載，先祖您暗中安排林爽文藏匿於畚箕湖，免於事端擴大，波及我們家族的安危，那是怎麼一回事呢？」坐在床沿的將軍，以雙手直撐著自己疲憊的身軀。

「當亂事發生於亂世時，朝廷往往使出強烈的壓制手段……。」先祖鬼魂說，「例如以連坐法來懲處舉亂者的親族，便是相當殘酷的做法。」

林爽文亂事的緣由始於廟口的一場賭博糾紛，而後演變成激烈的漳、泉械鬥，進而愈演愈烈，終於導致半路殺出來主持公道的林爽文，為壯大聲勢結合會黨力量。這自然又會牽扯進官兵的壓制，在情勢愈來愈複雜時，唯有豎旗起事一途可走了。這段史實，從先祖鬼魂的世代就廣為市井庶民所皆知，一直流傳到將軍的世代，人們還是這麼相信著。但，任何人在提起林爽文三個字時，都似乎僅會搖搖頭說：「亂黨是不會有好下場的。」

這句話，似乎只有說對一半。至少，對於先祖鬼魂而言，說不對的一半比說對的一半，更引人深思。

「亂事蔓延得比火燒乾林還要快，當我將他送往山林躲藏時，他早已成為官兵非殺之而不快的首犯了。更要命的是，只要曾和他扯上任何關係的親朋好友動輒便惹上被補殺的禍事。」先祖鬼魂一臉憂忡地說，「你說，做為當事人的他，能不舉事以示對受難親朋負責嗎？」

將軍感受得到先祖鬼魂話中有話，卻頗為訝異於對方似乎在為林爽文的遭遇抱屈。

「難道先祖認為林爽文叛反有理嗎？」將軍問這話時，語態顯得有些支吾。

「應該是說有其不得已，而不是有理……。」先祖鬼魂挪了一下身姿，「試想想，當時的他，已無其他選擇的餘地！」

「我倒是對家史中描述的蕃人頭目協助追剿林爽文的事蹟，感到相當好奇。」將軍說。

「說穿了，這還不是官府的高明之處。漢族移民以殺伐拓墾荒地、取得水源，蕃人只有退往山區的一條路可走；當移民發生叛反事件時，官府便利用飽受創傷的蕃人來討伐起亂的移民。」先祖鬼魂緩緩移動身子，走近將軍的面前，目不轉睛地望著他。

家史上記載官兵攻克斗六門之後，緊接著攻復大里杙，大里杙高壘土城，列巨砲，內設雙層柵欄，外掘有兩條護城溪河，防禦工事極為堅實。同時，記載上也提到官兵統領福安康指揮大軍追近溪河時，在砲火交擊中躍馬飛渡，引軍伍列隊溪岸準備廝殺。隔天，福氏分兵二路浩浩盪盪入城，先擒殺黨徒二百餘人，在血染紅了溪河時，林爽文領著妻與子翻山越嶺從火炎山逃離而去。當時剷平了大里杙的官兵們，總計擄獲了大小槍砲數百件、穀數千石以及牛百餘頭。

「逃離血洗之城後的林爽文呢？」將軍好奇地問，「先祖在家傳上似乎並未提及他的下落！」

「從大里杙亡命出走的林爽文，曾在當天夜裡潛返阿罩霧家中，與我密談何去何從……。」先祖鬼魂落寞地說，「當時，我本想勸他向官府投誠自首，換取免讓家族親人飽受連坐之苦刑。但一想起亂黨已被福安康在大里杙城裡梟首示眾，便乾脆塞給他幾塊銀子，勸他往埔里社山裡逃去。」

「往蕃人落居的山裡逃嗎？」

「是的。沒想就在他亡命山區的時日裡，官府以專程從京城運來的火銃砲擊蕃人的部落逼令他們，限時交出林爽文，否則將毀其山林……就在這樣的情形之下，三位頭目終而出面協助官兵在山區裡追殺林爽林及其黨徒。」先祖鬼魂說。

「家史上記載，就在林爽文及其黨徒被擄正法前後的一段歲月，先祖也度過了生命中最為慘澹流離的歲月……。」將軍的語氣變得憂傷起來。

「非只是我而已。我們林氏族人幾乎都無從倖免於那次災難。林爽文押赴京城被處斬的消息傳到阿罩霧來時，我已經攜著家人避往大肚溪上游了……。」

「那是發生於乾隆五十三年春夏之交的往事了。當時的情景到底如何呢？」

在經過與先祖鬼魂一夜的交談之後，將軍對於家史的整理愈發變得不可自拔。即便李密已經回帳裡休息，整理家史的事宜全得靠自己動手，將軍依稀興致盎然地隨時準備要進行抄錄工作。

「是的。」先祖鬼魂遲疑了半晌，繼續說，「我永遠記得那年的春夏之交，大肚溪的河水格外豐沛，沿岸的芒草白花花地覆掩著整片溪埔。我和其他人匍伏在芒草堆裡，趁著夜晚一路潛行到鹿港，準備買船返渡漳州故里。」

「為什麼從鹿港出海呢？」

「你從家傳中應該多少得知，你的曾祖也就是我的長子林遜，在那場事變中流離失所，最後喪命於一場火災中。他娶鹿港黃氏人家的女兒為妻。當時我聽說媳婦已經回返鹿港，便心想或可投靠黃家，買船潛渡。」

「然而……。」

「我明白你心中的疑惑……。你想問說，為何家傳記載鹿港成了我亡命的渡口，是不是呢？」先祖鬼魂沉思地說，「讓我告訴你，事實上，在抵達鹿港鎮上之前，家族中當時才二十出頭的次子林水也曾為了這件事與我爭辯得面紅耳赤。『黃氏親家以運渡米糧的生意與官府關係密切，此去無異自投羅網。』在鎮外一處渡口附近的廟宇裡，他義正辭嚴地對我說，『若父親仍堅持赴鹿港投靠黃氏，則我將不隨同前往，而在此買船返渡。』」

「然而，家史中這一段分明寫著林水溺於海途的啊！」將軍指著翻在桌案上家史，一臉困思。「這到底又是怎麼一回事呢？」

「我也沒親眼目睹。只是事後聽聞廟裡的住持轉述：你的曾叔祖林水買了艘船浮浪出海。未料，船剛駛出渡口，便遭逢了一陣噩浪，翻覆在外海了。」

「『海上突而捲起一陣瘋狗浪，下一刻就見不著任何木船的殘影了！』廟祝後來到鎮上這麼向我轉告，還說『你們前腳剛踏出廟口，官兵便後腳闖了進廟來……嘶吼著：有無見著林爽文的同路人，阿罩霧林石一家人呢？』」

將軍燃起桌案旁的一支新燭，輕輕地嘆了口氣。先祖鬼魂在提到自己名字時，語氣顯得有些倉惶起來。

「就這樣，入夜時分，一家人拖著疲憊的身子潛入文開書院，遣人前去探知黃氏親家的所在……等到夜過了三更，媳婦才終於前來會面。『風聲鶴唳……官兵已經進城挨家挨戶搜捕起來了。今晚才從家裡遣走一批貪酒的捕快呢！』媳婦見了面，跪下身來慌張地說，『待會兒就接阿爹、阿娘回家躲藏去……，再和父兄商量潛渡回漳州老家的事。」

「媳婦就是記載上的黃端娘氏罷！」

「嗯。」

先祖鬼魂對自己身世的回顧顯然比將軍在家傳中閱讀的清晰了許多。當林氏一家大小趁夜潛進媳婦家時，受到親家熱情的招呼，以滿滿一席的熱食，在緊閉的門庭裡殷切地款待。

「那樣子的情景，對於逃難的人而言，怎麼說都是感激涕零的。」這一回，換先祖鬼魂在燭臺上燃起另一支蠟燭，「試想想，攜家帶眷在濕暗的溪畔潛行數天數夜，忽而被接待坐上飯桌，既有熱食且有溫酒。那一夜，我真的很想大醉一場，卻又深怕酒後誤事。終至沒敢放情。」先祖鬼魂飄晃著身影在燭火前徘徊，繼續說道，「就在那個夜裡，我聽聞媳婦說官兵在掃盪大里杙時，焚毀了長子林遜的家業。媳婦說他從熊熊的烈焰中逃離出來時，親眼目睹家中樑柱焚毀折裂，活活將你曾祖林遜給壓死在廳堂裡……。」

「為了一樁莫須有的連坐罪名先後失去兩個兒子，先祖您心中一定憤恨有交罷！」

「與其說憤恨，倒不如說是某種無奈罷！」先祖鬼魂緩緩踱向軍帳的另一側，回過頭來說。

「這怎麼說呢？」

「想想你現在的身世，想想你父親也曾經是官府討剿的會黨叛徒……，」先祖鬼魂說到這裡，突而哽咽起來，「這一切不都是天命嗎？」他悄悄棲身靠近燭火曳曳的光影前，凝望著兀自焚燒得愈來愈熾烈的紅焰，語帶感慨地說，「如果將我家破人亡的遭遇給換到現世來，你不成了追捕我的官府將帥了嗎？」

面對先祖鬼魂的這一席問話，將軍面色鐵青，不知從何答起才好。倒是先祖鬼魂似乎也未對自己生前的種種過度地傷感，他習慣性地以手掌去輕輕撫觸炙熱的燭焰，便逕自又談起困頓歲月中的記憶來。「親家的後院有一間朽棄已久的藏書樓，原本是文武廟為地方上的秀才、貢生特別建造的四角樓，當夜成了一家子避難的住所。隔天清晨，天還未濛濛亮起，我便聽見官兵窸窸窣窣地在院子外左搜右尋。」先祖鬼魂說，「日出時，黃氏親家和他的兩位公子親自來到藏書樓，見了面便懇切地談起已經安排運米船準備潛渡一家人赴漳州老家的事。」

「但是……。」將軍突而回想起家史在提起這一段時，曾經提及先祖並未順利返鄉，就連運米船也沒見到便……。

「對的。」先祖鬼魂立即接過話來，瞧著一臉困惑的將軍，「是一場活生生的家業掠奪……儘管事情發生至今已經相隔百年之久，我猶深深記得，當時黃氏親家以一種像是關切有加的口吻說：『現在風聲很緊，愈早買船返鄉自然對林家愈有利……只是，也請親家回過來想一想，萬一來日東窗事發，我們黃氏一族豈不是得慘遭抄家滅族的噩運了嗎？』」

「『那麼，我們該如何才能免於你們一家受株連之苦？』聽他這麼一提，我突感到愧疚起來，急急地詢問說。」

「『這個嘛！』沒想他毫不遲疑卻又刻意支吾地說，『我想……是這樣的……首先甘冒風險載運你們一家子的船東索取了一筆很高的價碼。而後，萬一來日東窗事發，我想免不了得給官府輸送銀子，買通關節……因此……。』」

「『這我了解……。』當時，我是這麼對他說的。」先祖鬼魂回敘著他當時的話說，「『但我們匆匆忙忙出門，沒來得及帶足夠的銀兩出門……怎麼辦呢？』」

「所以，如家史中所記載地，他們便要你將家產給讓渡出來了？」將軍著急地問。

「事情如果這麼直接的話就好辦了……，他們說是代為保管我們林家的家業，以防萬一有事。等個兩、三年，如果沒發生什麼事，在我們回返臺灣時，再將家業歸還……。」

「所以，你就在契約上劃了押……是這樣的嗎？」

「沒想，那押一劃之後，災禍便也連連而來！」先祖鬼魂的憂傷與悻悻表現在他的語氣中，「首先，我們搭上夜深的運米船，被安排在底艙，船東說是為了安全起見，最好躲藏在不見天日的暗處……沒想船才剛剛浮出外海兩個時辰，便被官兵的巡捕船給攔截了下來。」

「家傳中只概要地記載你們的船被截獲後，你便連同家人被囚進牢房……不久便死於獄中……詳情到底是怎麼樣的呢？」將軍皺起他憂忡的眉宇，低聲問說。

「唉！」先祖鬼魂的嘆息聲，沉沉地擊在牢牆的四壁間，「流離失所，抑鬱以終，我心有不甘喔！」鬼魂隔了半晌後，繼續低抑著腔勢說，「臨死前一刻，我夢見媳婦黃端娘前來相見。她跪在病榻前，垂著頭飲泣了良久，一直說對不起我們林家……那一刻，我做了鬼才明白原來是被親家給出賣了！」

「但一切都已經太遲了，不是嗎？」將軍喟嘆著。

「那時，我彷彿聽見了低鬱的簫聲，從阿罩霧傾圮的殘簷碎瓦間斷斷續續地傳來……。」鬼魂頌詩般地說。

「簫聲⋯⋯。」將軍若有所思地恍然憶起什麼事情來。他認真一想，才憶起童年時家父曾多次和他談到一則家族的悲史。說是每逢入秋時節，當家鄉河岸的菅芒花開始露白之際，深更時，夜茫中總會傳來陣陣低鬱的簫鳴聲。傳說，那就是黃端娘留下來的簫聲⋯⋯，每逢入秋時分便會悠悠地傳進林家宅第，歷經數十載從來未曾斷絕。

「對的。簫聲⋯⋯。」先祖鬼魂認真地說，「我死後化作一縷幽魂，經常在舊家已然傾圮的宅院門廊底下徘徊⋯⋯。某一個月色盈滿的夜晚，終而遇見黃端娘帶著兒女，在焚毀後僅餘斷樑殘柱的宅院廣場上焚香祝禱。伊喃喃地說：『⋯⋯如今，家業已經被父兄所侵佔。天啊！難道這些的明爭暗鬥全都是為了財物？難道成親也是為了貪圖家產嗎？為了林家香火的傳承，我只好遠赴畚箕湖重建家業。』」

那一夜，先祖的鬼魂憂傷地端坐在軍帳入口的一只石獅子上，久久不再說半句話，像是在暗示將軍繼續從家史中讀取更多有關黃端娘的事蹟，一直到天鳴雞啼時，趴在桌案上呼呼入眠的將軍猛地驚醒過來，抬頭一望，先祖已經消失了魂蹤。關於黃端娘如何在畚箕湖重建家業，並以一孤寡婦人的毅力透過經營稀材的生意，終而從父兄手中取回林氏家產的事蹟，將軍從家史的閱讀中多少有了較為深入的了解。

黎明的曙光在雞啼聲中灑遍營區時，將軍獨自坐在練兵臺上面對一整片空曠的練兵場。他以一種凜然的目光等待眾副將們前來向他報告練兵的情形。忽然河濱沙州一片冬寒光禿的草木間一群飛鳥振翊飛躍而起，這時，將軍的心底猛地便想起先祖鬼魂昨夜向他形容芒草在阿罩霧家鄉的濱岸翻飛的情景。恍然間，他的耳際也響起了斷斷續續的簫聲……。他沉沉地站起身，心頭依稀掛慮著總督大人將於何時發布臺勇返鄉剿亂的事情來。

眾副將們來到練兵臺前集合時，朝陽已經緩緩地在東方昇起。就在水陸副將接續報告各自練兵的情景時，將軍專注的眼神始終停留在李雲端身上，因為，他當下最為關切的事情仍然是總督衙府的動向。

「將軍……，」李雲端躬著腰身，語氣懇切地說，「根據前不久的消息顯示，總督大人從江山城返回衙府之後，頭一件軍機要務便是處理從臺灣道送來的公文。」

從李雲端的報告中，將軍得知臺灣道對遣派赴臺平亂的吳鴻源提督頗多怨言。甚且以「平亂無功，且奧軍因糧草不足紛紛散逃，戰情不利」作為總結的評語。將軍並進一步獲知，總督大人好幾回在軍機大臣面前表示，「唯有派遣由林文察提督所率領的臺勇返鄉平撫亂事，才能徹底瓦解戴潮春等會黨的亂事。」據傳，左宗棠並已著手規劃平亂的戰局，他已備好密函隨時向京城報備此事，請求糧秣以及炮藥的支援。

「然而，從數天前傳來的最新消息顯示，徐宗幹巡撫也布署了反彈的局面⋯⋯。」轉了個話題，李雲端報稱。

「一切似乎都在預料當中⋯⋯。」在一旁沉默良久的李密，以低緩的語氣說。

將軍見李密開口說話，嘴角微微地抽動了一下，並未表示特別的驚訝，好像是以沉默表達了歡迎李密重返軍機要務的陣營中。

「是不是徐宗幹向總督推薦由丁曰健帶兵赴臺呢⋯⋯。」將軍仰天望著陣陣掠過天際的候鳥，語氣顯得有些漠然。

「據傳徐宗幹以臺勇治臺難免橫生瓜葛為由，勸說總督大人應同時遣派在臺舊識頗多的丁氏赴臺，藉以達成監督之功效⋯⋯。」李雲端垂首報告，語氣慨然。

「非僅如此⋯⋯，」李密接著話說，「從我私下的管道得知，更要命的是在運作這件事的同時，他還巧妙地施展了觀星術的權謀。」

「又是觀星之術⋯⋯。」將軍驚訝地從練兵臺上彈跳起來。

李密從總督衙府所獲知的密聞是就在總督備好筆墨準備提筆稟報京城的前夕，徐宗幹巡撫忽而以有要事商榷為由，邀總督在他官邸的蓮花池園裡共進晚餐，幾杯精釀的白乾下肚之後，他擺了盤棋在涼亭的石桌上，要總督細細斟酌棋局。沒想，總督瞥了棋局一眼，便直截了當地說：『雙炮過河，又是徐兄的觀星妙術發揮了占卜的功效罷！』」

「其實，總督大人向來理解官場權力暗潮洶湧。巡撫雖位居總督之下，卻在文官體系裡舉足輕重。」李密以他向來擅長的幕僚身分，對將軍分析說，「更何況徐氏在京城中以長袖擅舞而聞名，任總督也不敢或不願不買他的帳。」

「是啊！」將軍自我解嘲地說，「就憑他『觀星解天意』一句話，便得以挾天子以令武將了。」

事實上，稍稍和官府有淵源的人都明白，徐宗幹巡撫在官場中向來以權謀而聞名。通常，他的「觀星術」兼具著裹脅與懇託的雙重意涵。而在衙府裡，只要他祭出觀星術時，便意味著非得遂行他的意願不可，否則下一步便得到皇上跟前去將事情給搞個水落石出了！

「徐巡撫就憑這招觀星術，不知在朝廷裡讓多少人吃了悶虧！」李密有感而發地說。

「看來，就算總督大人想擋也擋不住了！更何況……。」將軍抬起頭來，將他一雙憂忡的眼神遠遠地擺在芒草無端翻飛的溪岸。

「而且，據傳丁氏已經從京城爭取了道臺一職，馬上就要前往臺灣府城上任。」李雲端說。

「喔！有這麼回事嗎？」一旁的李密深謀遠慮地答著腔，「這麼說，就算丁氏要赴臺平亂，也得先到府城就職了……。」

「嗯！這似乎對於我們爭取返臺平亂，在時間上較為有利，我得加緊與總督大人聯繫才是……。」將軍彷彿在一片灰茫中窺見一絲希望的曙光。

就在這般矛盾的情形底下，儘管客觀形勢的演變，對於將軍而言不見得絕對有利，且似乎礙難重重，但他仍然抱定了親自操兵點將的決心，並且認為愈早讓朝廷獲知臺勇早已備戰的消息，相信對於總督大人安排他們返渡的事情愈是有利。

這一天，接近日午時分，數十面以黃色字體書寫著「臺勇」字樣的軍旗，高高地飄揚在渡口的上空。將軍端坐於練兵臺上，手中輕撫著一支以家鄉盛產的樟木打製而成的箭矢，動也不動地陷入某種沉思的狀態中。他似乎心事重重地預感著一場噩兆即將發生，一旁的李密看出了將軍的心思，卻只顧和副將們討論移師返鄉的布陣事宜，意圖藉此讓將軍從愁城中遁脫出來。可惜的是，李密的策略並未獲致成效，因為，就在龐大的水、陸師剛剛完成集結儀式之時，遠遠地便傳來疾如風雷般的馬蹄聲。將軍抬頭一望，著急地舉起不安的神色，隨即慌忙地站起身來，李密見狀立刻脫口便說：「是派往總督衙府的軍探，從城裡回來稟報消息了！」說著，練兵場上滾起陣陣黃沙，李密清楚地瞧見一粒豆大般的汗珠就掛在將軍的額頭上……。馬蹄聲終而漸漸緩和了下來，當軍探從馬背上一躍而下，趨身跪在將軍跟前時，將軍額上的汗珠恰好沉沉地垂落下來，掉在他撫著箭矢的手背上。

「報告將軍，丁大人……的部伍……已……已經從泉州口岸……渡……渡往淡水……。」軍探上氣接不上下氣地喘著說。

「淡水……。」將軍輕喟著，一臉的惑然，「為什麼是淡水呢!?」將軍側轉過他疑慮的臉龐，面無表情地望著一旁的李密，像是對他投以茫然的詢問。

「是啊！就算移師臺灣平亂，也應該先往府城就任道臺職。不是嗎？」李雲端驚訝地皺起眉宇。

「我懂了……。」李密一雙銳利的眼神迅疾掃過在場的眾將，「既然是接任道臺文職，便不可隨意發動兵權……倒不如先行兵權，再前往府城任職。」

「真是高招，更何況丁大人曾任職淡水廳同知多年，擁有一股不算小的勢力……舊識也頗多。」李雲端接命執行重要軍情搜羅任務後，對於丁曰健的歷練似乎下過一番探究的功夫。

「這該怎麼辦!?」眾將先是嘩然，而後陷入一片沉默。練兵場上一陣子寂然，隔頃，只聞「啪！」地一聲響，將軍只用一隻手掌的勁道，便將握在手中的箭矢給折成兩半，那時，秋日的野風正凜烈地襲過溪岸邊在日照底下兀自晃燦的芒草叢……。

如此，在這個看似尋常的日子裡，將軍雖然依舊按照課表上訂定的項目操練龐大的軍伍，練兵場上卻感染著一股非比尋常的緊張氣息，從副將到一兵一卒都戰戰兢兢地深怕疏忽某項練習而惹惱了處於焦慮狀態底下的將軍。午餐時，將軍堅持不回帳下用餐，只是不動聲色地坐在操兵臺的正中央，侍從們端來一盤接連一盤的餐菜，他卻只是愣愣地瞪著，絲毫興不起任何動匙筷的念頭，任由風砂襲過眼前的珍肴。黃昏來臨時，將軍的焦慮轉變成為極度的不安，他甚至對著風吹草動悻悻然斥責起來。就在夕陽剛剛從河的彼岸剎那間消失之際，將軍在他燃著燭火的帳下，從那面銅鏡中瞥見了噴濺而出的血花，他驚地立起身來，感到一股從來未有的躁鬱，在胸口隱隱地起伏動盪著。下一刻，他暈厥了過去，立刻被一場活生生的噩夢給肢解得魂不附體。夢中，他回到阿罩霧家鄉的祖墳前，親眼目睹戴潮春的黨徒林晟正以血跡斑斑的鐵鐽掘挖祖先的屍骨，並口出穢言詛咒著林氏族人藉朝廷官威侵佔他人的土地與水源。

恍如一場凶兆的預言，隔日清晨，將軍還因夜長夢多賴在床榻上醒不過來，李密卻已發出沉沉的嘆息聲。將軍從李密踟躕的腳步聲中勉力醒過身來，沒想襲向耳際的第一句話竟然便是夢中所見的場景。「天啊……他們果真挖了祖墳的屍骨。」將軍仰天悲愴，進而哽咽抽泣了起來。相交多年，李密頭一回察覺正邁入壯年階段的將軍，竟露出了中年男子彷徨失措的神色。

如果說將軍的返鄉平亂註定得走在一條坎坷的道途上，那麼，踏上征程的那一刻，正是將軍最形失魂落魄的關頭。他決定一方面派遣探子前往總督府向左宗棠大人稟告亂黨挖掘祖先的屍骨，他唯有速速帶兵返鄉平亂，克盡林氏族裔保鄉衛土的棉薄心力。同時，他也在帳下召開緊急的軍機會議，通令各副將以迅雷不及掩耳的速度，盡速將部伍移師泉州蚶江口，準備渡返阿罩霧。就在將軍的一聲令下，部伍果然發揮了臺勇向來擅長的游擊作戰能力，在不到兩個晝夜的時刻裡，便將龐大的軍馬拉到渡口。在蚶江口的岸邊，將軍再度下了指令，要求所有的水師備帆待命，以便隨時返航。

「如果總督大人繼續猶豫不決下去，我們就算淪為抗命的叛黨，也得返鄉平息亂事，否則，如何向鄉親父老交代呢？」有一回，在起風的江岸渡口徘徊踱步的將軍，背著雙手語重心長地向貼身侍衛這麼說。

時間分分秒秒地消逝，將軍察覺相較於總督府的曠日廢時，他在渡口等待的時日，簡直可以以熱鍋上的螞蟻來形容。有好幾回，他召集了水師副將即時就要升帆返航，卻都被李密給阻擋了下來。「將軍若失去了耐心，恰好中了丁曰健落井下石的陷阱……總督大人很快就會下達指令的，我相信。」李密說。

將軍跟隨著客觀情勢的推移，節制著個人的衝動。就在他逐漸被喪失的耐心所吞噬的日子裡，丁曰健所率的閩、浙部伍已經登陸淡水，並陸續完成布署的差事。隔數日，就在部伍開往艋舺後，丁氏給徐宗幹巡撫捎了一封密函。他在密函中寫著：「該處紳民耆老聞舊日長官帶兵到地，香花鼓樂夾道歡呼。」

的確。擅於謀略的丁曰健，從決定渡海的那一刻起，便已胸有成竹地完成了布署兵力的藍圖，一步步地遂行著烙刻在他心版上的用兵之計。首先，他移文飛飭臺灣鎮守參將關鎮國率領廣東紅單礮船馳赴大肚溪口岸，隨時候命；而後，他又派遣隨身侍衛前往通告昔日任淡水廳同知時的部屬，希望他們再度發揮當年剿平小刀會時的精神，將兵力悉數派遣到竹塹以南的山區裡，臨機展開攻勢。曾在丁氏的統率底下被封作藍翎六品軍功，在淡水辦理鹽館的范義庭，現在再度被重用，奉命攜帶裝備精良的武器沿火炎山的要隘一路往南屯紮而去。與此同時，對敵情早已深入調查的丁氏，更飛函要求巡撫立即派遣精於製造彈藥的奧將區良玉率領兩名炮工前來聲援，並運來剛在省城裡施展過威猛火力的硼炮，以便在最短的時間內擊潰敵軍在彰化城外所構築的濃密竹圍。當然向來攻於心計的丁曰健必然不會忘記展開心理戰術，他隨後在兵營內、外散布消息，聲稱投靠戴亂的股首，若經證實投誠後，一律從優加賞，仍然執迷不悟者，則加重親族的株連。這一招，儘管在歷代討伐異己的戰術上，已經是司空見慣的常態，卻仍然適時地在伐討的征途發揮了作用。至少，在丁氏部伍離開竹塹城，一路朝大肚溪口岸一帶征討而下的過程中，許多來降的敵方股首成了大軍攻陷城池時最好的內應⋯⋯。首先，幾個中部地區的重要據點前後奏捷，而後又成功地斬斷了戴氏在彰化城裡的外援，就連將軍的胞弟林文明，雖在昔時曾結怨，也在勢如破竹的攻伐襲捲而至時，不得不聽命於丁氏的指揮，從內山將部伍給遣調而出，配合大軍進逼彰化城。

這同時，滯留在泉州蚶江口岸的將軍，終於在耐心幾至潰敗的邊緣，等到了總督的親筆密函，通知他即時起程返鄉剿亂，是時距離丁氏部伍渡海已相隔約莫有一個月左右的時間。「什麼⋯⋯從安平登陸，率師由南北進，配合丁道臺由北南伐的計策，讓敵軍在夾殺中無所遁逃。」將軍板起他一張悻然的臉龐，揮著拎在手上的密函，不悅地向眾副將發著脾氣。

在帳下和將軍共商返鄉剿亂大計的眾副將們，聽聞將軍這麼一說，紛紛驚駭地挺直起胸膛來。唯獨李密依然沉著地在帳下來回地踱步，絲毫不露任何驚駭狀。「怕是總督大人的權宜計謀罷！」李密說著，回轉過頭來，朝著將軍瞟了一眼。在他的判斷中，總督大人可能在京城裡遭致巡撫的百般刁難，最後丁氏既違命拒赴府城接受道臺職務，只好以遣將軍前往安撫民情為由，促成臺勇從安平登陸。

「人生總有無從選擇的時刻罷！」當輪渡從霧茫的蚶江口岸駛離時，將軍只能對自己這麼默默地慨嘆說。他站在船舷，望著遠遠的水域泛著滾滾的水花，心中卻又即刻興起一股堅定的信念，認為天意雖然有違，趨動他返鄉的信念卻不受任何不測因素的影響，仍應按計畫持續進行下去。特別當他聯想起戴潮春的黨徒竟然以挖掘祖墳來挑釁時，他心中的憤恨猶如一盆炙烈燒烤的炭火。或許，恰由於複雜的憤恨總是糾纏不清罷！在這趟海途的行程中，將軍幾乎深陷困思的境地，絕口不與任何親信或副將談及剿亂的事情。有好幾回，他在甲板上視察軍備時，恰好與李密擦身而過，卻也只不過露出尷尬而鬱卒的表情，隻字不語。

然而，此刻將軍的心情或許並非他人能充分理解，但李密卻很能體會他腹背受敵的困絕處境。

是的，就在困絕的海途逐漸讓陷於孤兀中的將軍感到不安之時，船也漸漸駛近了險惡的黑水溝。日午，海上的風浪突而變得愈加洶湧起來，只是將軍仍憂忡地站立在船舷，神色木然地凝望著澎湃翻滾的巨浪，任憑湧上甲板的水花打濕著他的衣襟。副將李雲端見狀，冒著驟急的風雨衝向將軍身旁，一個箭步跪落在將軍身側。他以嘶啞的嗓門，懇請將軍立即回返艙門裡，以免發生意外事端。對於近身副將的這項舉止，將軍並未特別感到意外，只是深深地嘆了口氣便逕自踱步回艙房裡。當夜，風浪逐漸平息了下來，在艙房裡沉思的將軍突然要侍衛準備香燭、冥紙和素果，並馬上召集眾兵將到甲板上集合。

「燃燭燒香，並擺置供桌，祭拜所有在渡海中死難的亡魂！」將軍站在船中央的一只木箱上，朝著同船的官兵們嘶喊著說。跟隨在將軍主船後頭與側翼的十來艘副船，紛紛降下風帆，在擺盪的波濤中聽候主船的動靜與指令。

一場海上的祭儀就這樣在暗潮激盪的黑水溝中拉開了序幕。將軍雙手緊握著一把燒得煙霧瀰天的香火，隨侍在身旁的眾副將們，也跟隨著他喃喃有辭地獻禱起來。

將軍對大悲咒的熟悉向來讓副將們感到詫異。過去，在類似的場合中，當將軍開始在默頌中顫起身來時，身旁的副將們都不免感受到一股魑魅的氣氛在空氣中鼓漲著。這一回，情境似乎愈加詭惑起來。陣陣風浪從夜海迷茫處襲吹而來，千百名分立在十來艘戰船上的官兵，從襲身而過的濕寒中，恍然感受到一股股非比尋常的刀光血影，在夜海上交錯著。

「我彷彿看到了戰袍上沾滿血漬的兄弟們，從海上廝殺奔馳而來……回頭一望，卻又瞧見戴上了鬼面具的自己，身著戰袍，從海的另一端殺伐而來，發了瘋似地砍落自己手足弟兄的頭顱。」這一夜，將軍終於打破了悶在胸頭的沉寂，頭一回開口向前來報告戰情的李雲端訴說他噩魔般的遭遇。入眠之後，將軍果真夢見自己在曳曳的燭火前瞧著桌面上的那面銅鏡，鏡中映出一片染紅血色的海域。遠遠地，一艘在熊熊烈焰中緩緩航行的戰船，逐漸駛向前來，甲板上站著十數名面色鐵青且沾著血漬的戰將。「誰？是誰……。」

將軍在夜暗中幾度語無倫次地嘶吼著，「是陳總兵嗎？是林副將罷！你們怎麼……。」夜夢中的亡魂，個個都曾經和他並肩打過無數的陣仗，並在殺伐中流血身亡，陳屍異鄉的同袍，如今竟然活靈活現地浮現夢境，這讓將軍背脊上的冷汗盜濕了一整條鋪被，更令他感到驚駭的是當亡魂們隨著沉寂下來的夜海滑向銅鏡中央時，鏡面後方也飄起瀰漫夜海的冥紙。昏暗中，恍然有一場詭異的祭儀正在茫無際涯的水域中展開……。夢中的將軍睜大他布滿血絲的眼眸，無神地探向鏡的深處。首先，他發現臉上戴著猙獰鬼面具的身影，正從一片霧茫中飄向前來。而後，他又驚地察覺鬼將軍身上竟然穿著自己平常所穿的一襲戰袍。「那不就是我的戰袍嗎？」將軍在夢中囈語連篇，「難道那就是我嗎？」

在噩夢中將軍愈陷愈深，幾至難以自拔。下一刻，在血染的鏡海中，亡魂衝破陣陣濤天的夜浪，將閃亮的刀光揮向鬼將軍，只見幢幢幻影在霧茫中移換著位置。就在緊張的瞬間，亡魂們紛紛將刀劍砍向鬼將軍的胸前，一片血光忽地在夜空中噴濺開來，這時，茫茫的夜海裡竟然傳出熟悉的朗笑聲，而撐著一身甲冑的鬼將軍依舊立身甲板上，膚髮絲毫未被損傷。緊接著，鬼將軍揮動他的刀劍，將亡魂的頭顱一顆顆地砍落血染的海域。然而，喪了命的亡魂卻又從血海中浮現起身影，伐陣廝殺而來。

夢境彷如咒語般不斷複現。鬼將軍在霧海上和亡魂們廝殺征戰，雙方死而復生又流血喪命，如此循環不知幾回。最後，鬼將軍立在甲板上喃喃自語地說：「直到以刀刃舔舐自己的鮮血時，才會明白征戰的道途是何等崎嶇……。」

將軍盜著冷汗從浮沉的海途輾轉醒來時，鏤刻著飛簷紋飾的木窗掃過一抹淡淡的朝陽。他拖著酸痛的筋骨，望向窗外灰濛濛亮起的天際，一群飛鳥掀動著翅膀，恰從海岸邊一幢紅磚堡樓的塔頂振翅飛起。這時，將軍鬆了口氣，默默地告訴自己：「終於到岸了……。但距離阿罩霧還有一段路程哩！」

初冬時分的河海匯口，因為陽光的抵臨，並不令人特別感到濕寒。將軍的戰船終於在河口的一片沼澤上靠了岸。當侍衛們將梯板從船舷拉向濕漉的沙灘時，一股難以形容的激動情緒在將軍的胸口撲動著。他回過頭去，望向數十艘張掛著「臺勇」旗號，停泊在港灣前的檣帆，眼眶裡突而盈滿了淚水。就這樣在梯板上佇立了良久，踟躕著不知該以何種心情踏上腳下這片泥濘的灘岸。

「將軍，眾副將和官兵都在等您登上安平樓堡呢！」李密見狀，樓過身來，竊竊地在將軍的耳朵旁私語著。

「喔──那就吩咐船隊登岸進駐樓堡內外罷！」拉高了嗓門，將軍的嘴角緩緩迸出一抹燦爛的微笑，「記得將水師分駐城外，陸師則駐紮在樓堡外的牆垛底下……還有……。」

「還有……」李密狀似熟悉布局地接下話說，「將精銳兵勇分派於樓堡內與海岸邊，以防敵軍暗中偷襲……。」

將軍聽李密這麼一說，呵呵然笑得肆無忌憚起來。「喔！吩咐侍衛徹夜輪番防守……並即刻備酒食犒賞水陸師的辛勞。」將軍補充說。

儘管將軍早就以飛函轉告戍守府城的官兵，千萬別在臺勇登岸時安排任何歡迎儀式。然而，就在腳伕抬著龍鳳紋飾的轎子出現在將軍面前時，遠遠地已經傳來震耳欲聾的炮竹聲，就在此時，街道盡頭出現了一支由數十名壯漢所組成的鑼鼓隊，浩浩盪盪地在城樓的前後繞行了起來。

鑼鼓喧鬧雖不是將軍預想中期望的事，卻並不特別感到排斥。相反地，他暗自驚喜，並竊認既然百姓如此自動自發地歡迎臺勇返鄉，這多少說明了剿亂應是大勢所趨。如果能在短期內善於發揮解散裹脅的計策，一方面以游擊穿梭各個擊破，一方面在各庄腳散布招降的消息，必將收到潰敵的功效。

當天日午，將軍於是在守城官兵以及民眾的夾道簇擁下，領著以李密為核心的文武副將，神色自若地前往香火鼎盛的廟裡上香祝禱。沿路傳來的鼓掌與吆喝聲，有如浪潮般陣陣傳來，立即讓一行人從海途的疲憊中恢復了精神，紛紛議論起離鄉這段漫漫日子以來，不知家鄉逢年的盛大廟會，有無因會黨之亂而受波及。畢竟是近鄉情怯罷！將軍聽聞身旁的侍從們提起家鄉的種種時，忽地便陷入巨大的憂思中。他因此在距離府城城樓尚有一段距離的大廟前，高高地舉起緊抱的雙拳，對前來迎接的民眾們深深地彎腰鞠躬，並在道完一席感謝的話語之後，便要大家提早回去歇息，切莫繼續如此盛情的歡迎儀式。

當夜，許多婦孺不知從何知悉將軍要在東城門下犒賞官兵，天還沒黑，便挑來一擔又一擔的熱食，擺在城樓底下，等著臺勇子弟前來享用。

眼前的景象是整個府城的樓堡在陣陣海風襲動起來之際，搖曳著盞盞亮麗的綵燈。而結滿燈綵的城樓前更傳出此起彼落的吆喝及拳鬧聲，讓將軍因而暫時忘卻了萬千的煩惱，盡情地陶醉在回返家鄉的溫慰中。

在城樓上，將軍一逕地歡愉起來，頻頻與座上的副將們乾杯，幾杯烈酒下肚，原本便不勝酒力的他，早已深陷醉夢之中。這時，李密不知是出於彌補他與將軍之間濃烈得無從稀釋的友誼關係，或是急於表示他與沈姑娘之間的愛戀，絲毫未曾影響對將軍的忠誠，竟拉著沈姑娘的手站起身來，說是喝完這巡酒之後，便由沈姑娘送將軍回房休息去。將軍聽李密這麼一說，原本有些詫異得不知該如何是好，隔頃，竟然毫無芥蒂地笑著表示首肯……。

沈姑娘果然是有幾分動人的姿色，在眾副將的酒酣拳鬧中更是漲紅了風情萬種的嫣頰。李密基於某種複雜有加的，猶如兄弟般的友誼，竟然興起讓沈姑娘服侍將軍一夜又何妨的念頭。

李密這難以言說的念頭剛浮上腦海，將軍已經顛著醉酒的步子靠向沈姑娘的身旁。

雖然，在征戰的這幾些年來，每逢戰役奏捷甚或潰敗時，將軍總會在親信侍從的巧妙安排下，在妓院或帳下與不同的風塵女子共度良宵。但在這一刻，將軍卻可以很清楚地區分：沈姑娘與他過去共度良宵的風塵女子，有著不可同日而語的分別。倒是，那到底是怎麼樣的一種分別呢？將軍一時也說不上來。至少，陣陣撲過鼻翼的體香是那麼地清新動人且散發著慈愛的氛圍，讓將軍不由自主地打心裡頭湧起佔有與憐惜相互交織的情慾。

夜，以一種貪婪的姿態伏在月色底下的古城樓裡。此刻，將軍從飄曳的燭光中窺見沈姑娘挽起髮髻的頸子，正浮現出一種宛若水流般的輕柔曲線……。他著迷般地瞧著，竟兀自微笑了起來，朝著羞赧中泛起異樣神色的沈姑娘，輕狎地扯擰起了顏頰。

「將軍大人，您請先歇息片刻……待我去給您泡杯熱茶解解酒……。」

當將軍的耳際響起這席輕軟的話語時，他情慾漲滿的身體剛好在陣陣體香中撲了個空。接下來，忽地他竟在情慾滿漲的暈眩中貼坐於臥室裡的那把太師椅上，再怎麼樣也撐不起醺醺然醉酒的身子了。

將軍從而打了個沉沉的盹，當他從一片昏濛濛中突而轉醒過來時，發覺身旁的茶几上擺了一杯已然冷涼下來的茶水。這時，他開始對自己酒後興起的情慾感到些微的不安。他費盡心力想著：到底沈姑娘是他心儀的對象？或是征服的對象？他突而被某種莫名的情緒給盤佔著……。「難道是因為李密的關係嗎？」他進一步縝思著。

已經有很多年了，將軍未曾感到如此茫然的暈醉。現在，他望向窗外那只依稀點飾著燭火的宮燈，彷彿瞧見了沈姑娘單薄的側影，正朝窗外的門廊慢慢消失而去。晃一晃昏沉沉的腦袋瓜子，他站起身來，正想走到窗前推開那扇半開半掩的紙窗，卻隱隱約約地聽到陣陣簫聲，從廊外傳進房裡。他趕忙推開窗子，竟發現先祖鬼魂的背影就擱在夜暗中的那張石桌上，手裡並握著一把漆色油亮的洞簫。

「真是驚心動魄罷！」先祖鬼魂回過頭來，張大他一雙驚駭中的雙眼說。「喔……是先祖嗎？嗯——您是說……。」將軍一時意會不過來，只是猛點頭，像是在重覆強調他已經聽到對方的問話了。

「我是說，還有什麼比在渡海途中與鬼將軍相逢，更令人感到驚心動魄的呢！」

夜深以後的樓堡感染著一股鹹濕的氣息，將軍可以很清楚地聽到潮水激湧著岩岸，傳來陣陣澎湃的浪擊聲。就在這個空氣中飄盪著某種詭譎氣息的夜晚，先祖鬼魂語帶玄機地訴說起他對鬼將軍出現在海途中的想法。其實，他的想法說穿了只有一句話——鬼將軍便是將軍內心裡隱藏的另一個自己！

「有時，你渴望隨時隨地都能將他召喚出來；有時，他是你今生今世最大的敵人。」先祖鬼魂說完這席話，將軍頓時陷入巨大的憂思中。有那麼不算太短的片刻裡，將軍兀自瞧著自己映在燈下的身影，久久不語。而先祖鬼魂便自顧自地在門廊間踱步徘徊起來。

「其實，這就是我們阿罩霧林家的命運。」先祖鬼魂隱身在門廊的暗蔭中。他低沉著嗓門繼續說，「其實，就在你的曾祖母臨危的那一刻，她已經夢到你的父親勢將含著血仇降生到這人世。」先祖鬼魂語帶傷感，他還說，「而這一切也似乎註定要顯現在你的生命中。」

跨過窗臺，先祖鬼魂選擇一張大理石圓凳安穩地坐了下來，開始回顧起家史中幾乎未被提及的一段事蹟。

「你的曾祖母黃端娘預感自己行將走到生命的盡頭，在病榻上作了一場夢……。」

先祖鬼魂拉開話匣子，侃侃而談起來。

在夢中，依據先祖鬼魂的敘述，黃端娘望見餘息僅若游絲的自己，踽踽獨行於一場狂風暴雨之中。就在背影即將消失於鎮街的盡頭時，伊猛地便瞧見一個臉容猶似童子的中年人，雙手撫著胸口上血淋淋的傷口，從一幢傾圮的宅院中衝了出來，在風雨中困頓地搖晃著身子，一雙布滿血絲的眼睛浮在蒼茫的空中。

「長得像童子般的中年人！他是……。」將軍提高了嗓門，驚訝地問說。

「聽我慢慢說，你先別急……。」先祖鬼魂語態沉穩地說，「就在隔天清晨，天剛破曉，你的祖父便興沖沖地跨進來，漲紅著喜孜孜的臉頰說：『娘，妳終於作祖母了！』沒想，就在剛說完這席話時，他發現你的曾祖母已經剩下一具冰涼的屍身，躺在硬榻上。」

「這麼說，祖父從來不曾知曉曾祖母臨終前的一場夢了！」將軍問說。

「沒錯。兒子的出生，讓你的祖父在辦喪事的哀傷中，鼓舞起開發產業的雄心大志。」先祖鬼魂點點頭，放低了原本就低沉的嗓門，「這導致他在一回又一回的擴充購地經驗中，感受著以武裝保護家業的重要。於是，他廣結在山林裡抽藤、吊鹿、伐木燒碳的勇夫，藉著勇夫們冒險患難的精神來壯大自己的勢力。」

「這麼說來，在這段重建家業的拓墾歲月中，免不了又得在血腥中械鬥與殺伐了！」將軍的臉上抹過一層憂思……。說這話時，語氣中彷彿對征戰與殺戮，有著極深的倦怠之感。

「是啊！」先祖鬼魂心情顯得很是篤定。「就像你年少時以搏擊和刀法屢屢受到族人的賞識一般；你的父親身為家族中的長子，在成長的日子裡，很快便成為眾親族所矚目的子弟。鄰里族人對於你父親的印象相當深刻。」

「家族中的人都認為：你的父親，雖有機會接觸詩書，卻像你一般熱衷於三國和水滸；而且，在家族組成團練以衛家業的競武場合中，他的武藝顯然令人刮目相看。」

「至於你曾祖母臨終前夢見的童子臉模樣的中年人，其實就是你父親成年以後，每回浮現在陣仗硝煙裡頭的一張臉……。」

「先祖，你活著時體驗了家族中拓墾歲月的殺戮；死後，又以鬼魂之軀游走於家族的傳襲中。這其間，當真是穿越了阿罩霧林家百年以來的苦難！」將軍突然間有感而發地說。

「與其說是苦難，倒不如說是宿命罷！」

「這怎麼說呢！」

「就在你的父親以專精武術屢屢受親族讚賞之際，我也目睹了那場豪雨中的血仇……。」

「豪雨中的血仇。」將軍臉上閃過一抹機警的神色，突然激動地說，「你是指父親被林和尚以銃子擊斃的事嗎？」

「對的。」先祖鬼魂仍然鎮定地說，「其實，你的父親是可以避開那場喪命血仇之災的……。」

「但……。」談及父親喪命之事，將軍陷入悲憤的情境中，「事關家族中的子弟被團練屈辱，如何能不出面討回公道呢！」

「如果你的父親能不因自負於自己的武術，非得在公開場合中擊敗林和尚的話……。」

「這……。」將軍支吾了起來。

「林和尚是我們阿罩霧林家的親族，更是庄裡頭的團練頭子……他如何能忍受這樣的屈辱呢？」

將軍變得沉默了。他似乎能體會先祖鬼魂的心境，更明白對方在一席簡單的話語中，其實正道出父親是因無法藏住自己的鋒芒而導致殺身之禍。

關於將軍的父親死於非命的意外，鄉里中盛傳是因禁不起林和尚的激怒，用計將他引入山林之中，而後再以銃子予以擊斃。

父親年少時便能文允武且意氣風發，只不過是中年過後因武學洋溢而橫遭非命。然而，在先祖鬼魂的想法中，早在將軍的父親公開以武術擊潰族中的團練領子，也是遠房表兄的林和尚時，便已種下了日後殺身之禍的惡果了！

現在，將軍再度回想起父親的種種事蹟，不禁百感交集。他永遠記得那一個血腥的日午，當他喘著重息，親自將父親的屍身從十數里外的山林裡扛回來時，心頭便已抱定了此仇非報不可的決心了！

由於按家中的習俗，死於非命的親族得於三日內入殮。隔日，將軍便領著親族、勇夫及婦孺將父親的遺體安葬於後山的墓園中。然而，將軍記憶格外鮮明的是就在當夜，他難掩胸中悖憤，竟然身著孝服親手宰殺了一頭公牛，並在守喪的親族面前生飲牛血，誓言非得為父報仇不可。

「林和尚……林和尚，他人在哪裡呢！」將軍憶及往事，突而變得歇斯底里起來。

「你在星夜的曠野中馳馬疾奔，奔過旱溪河床，殺往林和尚柳樹湳的家中。你難洩胸中憤火，一把火想將殺父仇人燒出家宅，卻無功而返……。」先祖鬼魂像在翻閱將軍的記憶一般，逐一細數起昔時將軍為報父仇而奔命江湖的往事，這席接續不停如韻律詩辭般的談話，說得將軍目瞪口呆……。

「你曾經在某個月光皎亮地映在飛簷與城寨之間的夜色底下，獨自一個人伴著鬆去繮轠的馬騎，在石板路上踽踽獨行。你心頭慌亂地回憶著數個月來，在戲館、在賭場、在酒樓、在街坊，似乎都曾與仇人擦身而過，卻坐失復仇的良機。」

「你終於在鴉片館裡逮著了林和尚的同路人，先是將他們活擒到先父的墳前跪拜；而後，將他們關在草寮中，一把火燒得只剩兩具焦黑的屍骨……。」

「而後呢？」先祖鬼魂似乎有些感慨地詢問起將軍自己來。

「而後……林和尚報府誣告……讓我成了衙門通令緝捕的死囚。」將軍失神地接著先祖鬼魂的問話，語帶頹喪地說著。

他再抬起頭時，已不見先祖鬼魂的蹤影。

就算冤魂邪氣再重，
也比不上文官的邪氣

將軍所率帶的大軍連夜從府城移駐到嘉義境內的一座靠山的村莊裡，準備從這裡越過幾個已經被亂黨所盤據的庄腳，而後涉渡濁水溪，深入彰化縣境展開攻城的行動。

這個夜晚，秋夜裡皎潔的月光灑落在將軍借宿的民宅的稻埕上。將軍望著竹窗外宛似銀河般的月色，陷入沉思中。在臨時安置妥當的這間廳堂裡，除了神案上擺置著兩盞輕輕晃曳著的燭火外，滿室都因為月光的遍灑而泛起藍靚靚的光流。從他所獲知的軍情顯示，目前雖然叛黨的核心勢力集中在彰化、斗六城內，但從嘉義沿線北上，重要的良田、要路與村莊，都被附合亂黨的散餘勢力所佔據。

「如此一來，」將軍細細忖量，「南北征途既被阻隔，就再也難以直搗亂黨的巢穴了！」

他於是和李密展開臨時的軍機會議，商量如何突破眼前的困局。就李密的意見，將軍應該即刻進行鄉村的掃盪工作，將敵軍的外圍勢力徹底從根斬除，以便趕在丁曰健部伍抵達彰化城之前，完成攻城的布署方略。

在遠征近剿的這幾年歲月中，將軍向來聽信李密的建議，也確實曾因此打過一場接連一場的勝仗。但這一回他卻沒有採行李密的意見，而是以自身過去和亂黨徒眾們往來的經驗，作為戰略的準則。在他過去的經驗中，舉旗造反的庄群常因受局勢牽連而不得不加入叛黨，極少緣自於根源性的反抗勢力。「果若如此，倒不如在各莊展開懲勸工作，可能會收到更實質的功效。」將軍這麼自忖著。

隔日，他便在民宅的稻埕前召開了軍機會議，要求陣前副將立刻組成幾支精銳隊伍，前往亂黨盤佔的村莊展開勸降的工作。

「最重要的是以勁勇結合鄉紳，一方面施展銳利而局部性的攻勢，一方面誘之以利……。」將軍以嚴肅的口吻這麼吩咐眾副將們。

當然，眾副將們也都打從心底明白，所謂局部性的攻勢，便是選擇村莊的某些定點，予以襲擊，藉以達成威嚇性的效果；至於誘之以利，將軍口頭上答應只要任何亂黨剃髮來歸，便將收歸的水權和田產歸還給對方。

事實不斷證明，將軍的這項謀略果真奏效。就在精銳隊伍出巡的三天之內，方圓數百里路上，已經有百來個村莊表示願意輸誠，這無疑地讓將軍重新拾回了原本有些失落的信心。

這一個黃昏，頭一回相信不必親征帶兵也得以贏得勝仗的將軍，端坐在以廳堂臨時搭設的軍機室裡，接見一位剃髮來歸的叛黨。

「為什麼參加戴潮春舉事叛反的行列呢！」將軍直截了當地問說。

「說穿了還不是因為田產被你們林家盤佔了……不得已只有投靠到戴潮春旗下。」——將軍打心裡頭明白，以當前的情勢估量，除非先收攏附亂黨徒的人心，否則將無法順利地先行攻佔彰化城。而一切似乎也在他的預料之中，幾乎是在短短的數天之內，沿途的礙難似乎已經被掃除殆盡了。

擺在眼前的事實，彷彿僅剩他將如何進軍彰化城這碼子事了！

「報告提督大人，據消息來報，丁曰健的部伍，已經駐紮於彰化城外的大墩一帶，隨時準備攻進城去。」李雲端選擇將軍正愁應該於何時運用何計攻城之際，報來這項多少令將軍感到錯愕的消息。

或許，恰由於消息來得令人措手不及罷！當夜，將軍便一直不安地在臥室裡來回踱步。中夜，更從一場詭異的夢境中轉醒過來……。

在這場夢的最後一段場景裡，將軍再度看見自己被幽禁在濕冷的牢牆中。較以往類似的夢境詭異的是這一回他很清楚地看見自己正與另一個自己專心地面對著一盤布局錯綜的棋局。

濕著背脊坐在被褥凌亂的床沿，他努力地回想著夢中的遭遇。他發現夢中的牢牆在他仰首時一對一對地高疊起來。就在最後的場景出現之前，他先是置身在另一樁夢境裡。

「海風穿越漆暗的荒野，一陣接連一陣地吹襲過來……。」將軍終於回想起夢中的前段場景了，「……風颳在插滿軍旗的樓堡上。踱著沉重的步子，我走向城堡的角落，突然間被凝固在月光下的一灘血漬給吸引住了……於是心頭浮現出這些時日以來，如何在殺伐中度過分分秒秒的情景……對了！我似乎聽見了兵馬嘶嚎至死的慘叫。轉瞬間，又彷彿親眼瞧見殺父仇人林和尚的身影化作數十個身影，在暗夜裡，朝著我的後背射出一支接連一支的冷箭……。」

夢中的場景果然讓將軍感到心慌意亂，那個夜裡直到黎明時分，他不知在臥室裡徘徊並呆坐了多少個困頓的時辰，奮力地以幽微的心思去追索夢中的一切。

的確。將軍在踏上征途之前，便在家鄉涉歷了與夢中的部分場景類似的景象，這或許便是他耿耿於懷地回溯夢境的主要原因罷！那時，他經常騎著父親傳襲下來給他的一匹駿馬，慌亂地奔馳在芒草滿山飄飛的曠野裡。好幾回，他喘著重息在馬背上顛簸，從晃然竄動的草木間，一次又一次地瞧見殺父仇敵林和尚的魅影幢幢——「唰！」地一聲，只聞山風飛連地擦向鋒利的刃面，俄頃，一切卻又恢復成白茫茫的一片山野。

而對於夢中的最後一段場景，將軍更是耿懷在胸……。因為，這和他藉剿亂之途步上提督一職，是有著密切的關聯事實的。淪為階下囚的他，當時已經面臨可能被處決的噩運。面對生死的難關，他最常做的一件事，便是夜深時分，從難以成眠的舊榻上轉醒過來，在滿溢月光的押房裡面對擺在泥地上的一盤棋，展開徹夜的冥思，通常弈棋的對象便是想像中的另一個自己。現在努力地回憶著夢中景象的將軍，在想起那段命運全然無從臆測的時日時，總會興起一股天蒼地茫的飄忽感。因為，在牢中的歲月裡，他總是想出身移民世家的他，雖說經歷了不知多少興衰起伏，但父親死於仇敵之手的血恨卻是再怎麼說也無從輕易忘懷。於是，每回與自己在牢牆下弈棋時，他的腦海裡便會浮現自己追殺林和尚的景象。他老是清楚地瞧見自己從山村奔往海濱，又從海濱馳向曠野，整個過程中，既是在追緝一個具體的仇敵，又彷彿在與自己內心中某種強烈的意念搏擊。就好比膝前這盤陷入僵局的棋賽，一旦親手擒拿林和尚，則無論是進或退，都只是跌進自我磨難的困境當中。其實，在囚籠中的夜晚，當時的他還曾經數度回想起自己如何在惡浪濤天的海上，遠遠地瞧見林和尚的身影佇立在一艘張掛起小刀會旗幟的海賊船上。雖說牢獄之災就像徘徊床頭的噩運一般久久緊隨身旁；但當時身繫囹圄的他，卻突如其來地受到命運之神的眷顧與垂憐，將他從暗澹的深淵給營救了出來。多年以來一直到現在，將軍始終難以忘懷，就是在那個月光從牢窗外緩緩垂落而下的夜晚，牢房的木門突而拖著沉重的嘎啦聲，緩緩地被獄卒給推了開來，而後便伸進來一張頎長的身影。

當他抬起頭來，隔著覆在額際上的亂髮，望著眼前的形影時，頭一剎那便直覺發現似乎識得這個人。待他睜亮一雙顯然是失了魂的眼睛，細心一瞧時，只稍稍遲疑了半晌，便「啪！」一地雙膝跪落地面，因為出現在他眼前的恰恰是大統領邵連科。

邵大統領那個夜裡突訪繫獄的林家莽撞公子，著實是讓彰化城的裡裡外外瞎慌了好一陣子。因為，除了統領之外，似乎沒有任何官員知曉為何要到牢房裡探訪擺盪於死亡邊緣的囚犯。

在將軍鮮明的記憶中，大統領先是不動聲色地坐在獄卒搬來的一把太師椅上，俄頃，便語帶憂患地談起動盪不安的天下大勢來。將軍難以忘懷，邵統領當時是以太平天國舉亂的種種事狀做為開頭，而後一臉殷憂地陳述起島內愈來愈猖獗的會黨亂事……。

「腥風血雨好像萬箭齊射在大統領的面前……。」回顧當時的情景，將軍油然升起這樣的感覺。

或許是深深地動容於大統領憂思局勢的動盪與沉浮罷！就在大統領緩緩地抬起頭來深深地嘆了口氣時，當時猶夾雜於為父血仇的困局底下的將軍，突而從內心深處浮起願為統領效命平亂的念頭來。「從當時官府的立場來看，我也只不過是另一個介入亂事的黨徒罷了！又如何能協助統領平亂呢？」回憶過往的離奇遭遇，將軍這麼兀自思考著。

但，天下事就是這般出乎意料之外，就在隔日清晨，當破曉的天際灰濛濛地亮起來時，牢房的門又被沉沉地拉了開來。這一回，出現在眼前的雖非邵統領拉長的身影，統領的兩位隨身侍衛卻開門見山地表示：統領已在刑場上安排好接見事宜。「在刑場上……。」將軍至今想到當下的情景，猶然冷汗直冒。因為，再怎麼樣也難以想像統領居然要在刑場上和他再度見面。

一切就在他步行到刑場時才真相大白。原來，邵統領在刑場上執行問斬海賊黃德美的行動。通常，這樣的任務只要縣令去完成的，這一回，卻異乎尋常地由統領來執行……。

「林文察……你想來日步上功名之途或絕命於刑場呢？」他一生都難以忘懷邵連科統領在破曉時分的刑場上，一改昨夜憂忡的神色，冷眼瞧著噴濺在刑場沙地上的鮮血，漠然地這麼詢問著。

在邵統領的布局中，如果阿罩霧林家能以廣召鄉勇的方式形成一支部伍，在一年之內平息海上的亂事，則他願承擔免除將軍罪衍的責任，並依朝廷慣例予征戰者追功封爵的機會。

現在，竹窗外的月光從瓦簷斜斜照射進來，映現在將軍沉思默想的那張舊椅子以及漆紋斑駁的桌案上。將軍停下踱步的身軀，望著桌面上那張標識著許多朱砂記號的戰圖，將軍心中實在感到異常的紛亂和動盪。「實在是連自己也難以相信，這個在臺灣首屈一指的提督職務，是從刑場的邊緣給撿拾回來的咦！」將軍坐回桌前，回想著歷歷前事，心中不免感慨萬分，此時，竹窗外的薄曙也已經漸漸泛亮起來了。

從府城入嘉義，自嘉義縣城解圍以來，依附亂黨的莊腳，經水師副將曾元福的痛剿之後，漸漸掃除了障礙；但斗六門一帶，仍然有些亂事斷續在發生。將軍於是先在嘉義和彰化之間展開進一步的襲擊，期能順利進逼彰化城。於是大軍從嘉義挺進彰化的一段路途，雖然面臨了時間的緊迫追趕而顯得有些慌亂，將軍卻不時顯現出即將與彰化城內亂黨決戰的氣勢。因為，至少截至目前為止，在各村莊間的攻防戰略顯然已收到壓制及籠絡叛黨的功效。

在將軍的計畫中，先是以密函知會其他的部伍合攻斗六門，再安排軍隊進駐石龜溪以居中策應……。另一路，則由他率領手下大軍越過濁水溪，轉往海線，等候文明胞弟從阿罩霧率兵前往鹿港會師，一舉攻破彰化城。這同時，將軍還在沿路上透過軍探散布消息到敵軍陣營中，佯稱必攻佔斗六門才克復彰化。但，只不過是聲東擊西策略的運用罷了！而這項策略多少也有拖緩丁曰健自大墩由北攻城的作用。

對於即將到來的這場硬仗，將軍似乎胸有成竹，然而，多疑慮的他卻也不免受到前些時日那場夜夢的影響，害得他又陷入為父報仇及身繫囹圄的噩魘中，久久無法自拔，以至於差些就發布錯誤的攻防策略。

就這樣，當深秋的溪畔再度翻飛起蒼茫茫的菅芒時，將軍所率帶的兵馬，從濁水溪西南岸的泥砂堆躍下溪堤，準備涉越逐漸荒旱起來的溪流，朝溪北幾處據點攻行而去。這段時日裡，將軍以密函通知各隊來援的兵馬，說是「定於數日之內移營，督帶兵勇，由北港進剿，打通鹿港，俾得……夾攻彰城，庶期一鼓作氣，聚而殲旃。」

大軍越過濁水溪後，將軍幾乎不費多少氣力便又收復了數個插滿紅旗的叛黨村莊。於是，就在部伍不捨晝夜地前行在平野上時，將軍開始深謀遠慮地想這一路掃蕩前去，趁勝追擊自然是挫敵的至高原則，除此之外，如何不讓丁曰健的部伍搶先一步攻城，更是該牢記在心的一樁要務。

為了達成這項要務，將軍特別指派陣前副將李雲端組成一支精密的密探班子，專事負責前往彰化城外探聽丁曰健的消息。因此，每當將軍的部伍趨近彰化城一些距離時，他都會隨機召開臨時性的軍機會議，詢問有關彰化城的任何動向。由於類似的軍機會議召開的頗為頻繁，將軍又恍然仍深陷於記憶中噩魘的場景裡，好幾次都讓親信幕僚們感受到將軍彷彿變得異於尋常的毛躁及焦慮起來。

「雲端……，難道我當真變成了丁曰健布局底下的一顆棋子了嗎？為何總是擔心自己將被他擺弄得無路可行呢？」有一回，將軍竟然這麼詢問起李雲端來，臉上並露出至深且巨的無奈。

可賀的事情終於在將軍焦慮的期待中露出了端倪。就在將軍愈來愈深地陷落在困頓的情境中時，李雲端的軍情班子帶回了一項重大的訊息。亦即一切都已如將軍布署的一般，漳州遠渡而來的水師已經在鹿港登岸，並已與文明胞弟取得聯繫，隨時可調兵至彰化城待命。

「那麼就趕緊安排攻城事宜罷……。」將軍顯得迫不急待。

「計策如何呢？」一旁的李雲端審慎地垂首詢向。

「夜訪文明胞弟，要他潛行至鹿港會師……一切按我原本的計畫執行。」將軍說著，臉上露出喜悅的光芒。

就在這個夜晚，將軍親筆寫了一封密函給家鄉的文明胞弟。信中語意篤定地表示，林家要在這場戰役中一舉將丁曰健的勢力給驅趕回中原去……。「……是禍是福，未來的命運若何，就端看此一攻城之役……。」信函的末尾，將軍這麼寫著。

面對這場會師，將軍格外謹慎，因為這將決定整個阿罩霧林家的未來何去何從。換言之，如果將軍所率帶的部伍領先丁曰健的兵員進據彰化城，則林家在朝廷中的地位將凌駕於南北各大家族之上，儼然成為臺灣第一大家族，來日對道臺也將居於優勢的位置；萬一落於丁氏部伍之後才入城，則又得飽嘗臺勇作戰不利的指控及備受丁曰健的奚落與嘲弄。

在將軍的阿罩霧家鄉中流傳著一句俗話，說是「人若帶衰運，就連媽祖也保庇不了。」

似乎命運有時就是這麼捉弄對它有所期待的人。正當將軍步步為營地將部伍拉往鹿港會合其它重要水、陸師後，又從鹿港趁夜潛行到彰化東城外的水景橋前，將攻城的陣式布署妥當之際……。丁曰健已經先他一步，在彰化城內以重金收買了策反的線民，趁將軍還在整合各隊人馬的慌亂時刻，先行在城北的樓堡上燃放煙火，並開門讓丁氏的精銳部伍攻進城中。情勢就是這般令將軍措手不及，當將軍麾下的二千人馬駐守於東城門外，正苦思該以水攻或火攻破城之時，北城門已經被內應悄悄的推開，丁氏就此督率大軍殺進城池裡，在短短的一個時辰裡，厮殺了四百多個戴潮春亂黨的徒眾。

彰化城一役，對於向來不願服輸的將軍形同晴天霹靂。特別是當他會同各部伍的將帥，站在東城門下聽到厮殺聲一陣又一陣地從城裡傳來的那些時刻，他生平頭一回深刻地體悟到失去戰場的將軍是何等落拓而無助。

將軍和他的部伍終於還是由東城門進了城，只是當大軍穿越城門進到城裡時，漫天的烽火已經漸漸平息下來。在一片燒得滿目瘡痍的破廟前，將軍歇下馬來，他語氣呆滯地向身旁的一位副將說；

「我不知道後世的史家將如何形容我此時此刻的心情……。」

將軍落寞的心情，非止是後世的史家難以描摹，就連他自己都無從尋找適切的語辭向親信侍衛們訴說。更形令他感到難以面對的是：丁曰健竟然就在這時遣人捎來口信，說是已經在城北的媽祖廟裡擺設宴席，要宴請所有對攻城之役有功的眾將帥們。

「包括我林文察在內嗎？」將軍有些茫然地斥問著前來通報的信差。

「當然。道臺還說特別留了個座位在他側旁……要我前來轉告將軍，請您這就移駕。」信差低著頭，有些為難地說。

將軍像是被一種莫名所以的羞辱所包圍著，愣在一片殘敗的破瓦楞牆之前，久久不知如何言語。

黃昏時，北城門樓堡上豎起一面面丁氏部伍的軍旗。幾盆熊熊燃燒的篝火圍在臨時搭架起來的宴會場四周……。隔頃，丁氏從樓堡右上方的一座瞭望臺現出身來，受邀的眾將官們都像在參與一場隆重的儀式般，熱烈地鼓掌並口呼「丁大人——好！」。將軍站在眾將官的末尾，側個臉恰好能夠從樓堡上望見成百上千個垂頭喪氣的臺勇，攤在一座偌大的四合院曬穀場上。

「文察兄，你率領的臺勇水、陸師都毫髮未損罷！」丁曰健走上宴席的上座時，突而回過頭來，朗聲地問著將軍。

「喔——」將軍一時之間不知該如何答腔才好。

「來，文察兄，請到前面來，我特地為你留了一席寶座。今晚，我要好好地和你喝幾杯。也算是對臺勇致上敬佩之意罷！」

丁氏的這席話，說的一點也不遲疑；倒是將軍愈聽愈覺得心裡不舒服，但在眾將官面前，卻只能陪著笑臉不斷點頭，姑且表示感激對方的關照。

一場慶功宴就這樣在將軍深鎖眉宇的剎那間，正式拉開了序幕。丁氏對菜餚的講究，自然滿足了眾將官們的口腹之慾，另外一件讓在場人士深表訝異的是原本在大家的印象中酒量只稱得上是中等層級的道臺大人，這個夜晚連連乾了好幾大杯的烈酒，卻一點看不出醉酒的模樣，反倒是有條不紊地訴說起從淡水登陸以來，這一路討剿亂賊的經過。

「就不曉得林大人如何看待我們中原水師的作戰方式了。」丁氏突而將話鋒轉向將軍。

「喔——自然是所向披靡，不是嗎？」將軍不知從哪兒學來的恭維辭語，說得一旁的文明胞弟面色鐵青。

「至於，文察兄以招攏叛黨達成殲敵功效的計謀，恐怕——。」丁氏故弄玄虛地僅將話講了一半。

「恐怕如何——，你的意思是——。」文明胞弟差些按捺不住性子，稍稍拉高了嗓門質問說。

「喔——請丁大人多指教。」將軍一手輕輕撫著胞弟的肩膀，而後趁機站起身來，向丁氏微微欠著腰身，狀似禮貌地說。

打從將軍踏上北城門樓堡，頭一眼瞧見宴席現場滿滿插落的丁氏戰旗時，便知曉這勢必是一席疑雲滿布、亂箭流竄的鴻門宴。也因此，儘管將軍的心情非僅是「糟透」兩個字足以形容，他還是格外慎重地應對著丁曰健的言行舉止，深怕處理不當又給對方留下來日指控他用兵不力的把柄。

顯現出超乎尋常耐心的將軍，連他自己都有些不敢置信。「總算有備而來……。掌握了小不忍則亂大謀的原則。」將軍想起孔老夫子的這句名言，暗自慶幸沒和丁氏當眾對槓起來。

沒想「人算不如天算」這句話在這一刻還是應驗了。就在將軍稍稍穩住了他原本有些馳亂的心情，重新坐好座位時。丁曰健卻突然間仰首朗朗地呵笑起來。

「大人……您……。」站在丁氏身旁的一位親信侍衛，滿臉訝異地關切著。

「嗯——沒什麼事。」丁氏抬手一揮，寬寬的袖口彷彿盪起一波波的玄機。「將人犯給押上來，我要文察兄在眾將官面前親自審判這名叛黨……。」

「什麼……什麼人犯……和下官有何干係呢？」將軍一時之間意會不過來，愣了良久。

「文察兄當然識得，就是曾經隨你赴浙江剿亂，並領有翎頂的『臺——勇』江有仁。」

「江——有——仁。」將軍鎖起他困惑的眉宇，「他——怎麼會出現在這裡呢？」

丁曰健果真城府深重且攻於心計。就憑他這一招借刀殺人，已經足夠讓將軍下不了臺了。更何況江有仁還是戴潮春手下駐守彰化城的副元帥。

將軍習慣於在他心情陷入極端低潮的時候，獨自一個人在空曠的地方踽踽踱步。從宴席上沒帶回任何醉意的這個夜晚，將軍摒除了任何親信的關切，兀自在東城門的樓堡上來回走動。他心想，常言說禍不單行，指的便是我當下的處境罷！

回想著剛才和江有仁碰面時，對方垂著頭跪在自己面前，一邊淚流滿面地求饒，一邊卻又埋怨地訴說著不得已才投靠叛黨的種種經歷，胸口不禁又是一陣子的縮緊。

「文察大人……從您的軍營脫逃是因領不到軍餉，不得已才那麼做的……。」將軍的腦海中始終無法揭去江有仁那時哭喪的臉，「沒想潛回到臺灣後，竟連混碗飯吃的機會都難求，不得已才投靠到戴潮春的陣營中的。」

「是啊！我也是不得已才在丁曰健面前處死你的，不是嗎？」將軍自顧自地暗自私語著。一陣野風從城外夾帶著血腥的氣息，從暗幽了的曠地裡吹襲了過來……。

攻城不利，讓將軍陷於戰事無功的困境中，對於阿罩霧林家而言，當然是一項沉重的撞擊；更嚴重的是將軍的舊日部屬竟然投靠到戴潮春的旗下，而且被丁氏給逮個正著。

「只要在朝廷中稍加喧染江有仁與我的關係，就足夠讓臺勇翻不了身了。」隔天，將軍在例行性的軍機會議上，臉帶憂戚地向幾位貼身副將說。

「看來，也只有在下一場戰役中贏回失去的半壁江山了。」在軍機會議上，李密似是謀略在胸地這麼說。

「李兄的意思是……。」將軍問。

「既然戴潮春不在彰化城內，我們除了計擒叛黨之首於斗六城之外，還有什麼扳回頹勢的機會呢？」李密說。

李密的這席獻策，對於將軍而言無疑等於吃下了一顆定心丸。從過去與朝廷往來的經驗中，將軍得知：朝廷向來視臺勇為一股不穩定的地方勢力。因此，只要將功贖罪，表示對朝廷的忠誠，並不難挽回喪失的權益及地位。

「就不知李兄這回有何計策了……。」將軍在眾副將面前恭謹地詢問著。

「還是先行散布謠言，再進行解散裹脅的計謀罷……。」

李密將他一整套謀略的細節，詳盡地攤在軍機會議的燭光夜影下。聽聞計謀後的將軍似乎也回復到攻佔彰化城前那種信心飽滿的情狀中了。

或許是因為謀略規劃得讓將軍感到萬分滿意罷！當將軍得知丁曰健的部伍已經從彰化城趁夜潛赴斗六門時，他絲毫不感到任何慌張，反而不動聲色地和副將們按著戰圖一一指認斗六城外幾處依附亂黨的叛徒的據點。

斗六城一役，果真如將軍所料。就在他的兵馬離開彰化城移往斗六門的途中，已經不斷有消息傳來丁曰健的部伍始終盤據城外，一直沒有進一步的戰績傳來。

「一切果然都在李密的預料之中，斗六城外布　附合叛黨的殘剩勢力。攻城談何容易……。」將軍的馬騎登上大肚溪堤岸時，他回頭望著月色底下匆匆奔流的溪水，自言自語地說。

隔日清晨，將軍決定將部伍停歇在距離斗六城尚有一段里程的塗庫。他依著李密計畫好的謀略，分派各隊副將到各村莊散布流言。聲稱「進駐斗六城的戴潮春，見大勢不可為，漸不圖進取，終日事淫佚，並設有三妻六妾享盡日薄西山的頹喪之福……。」

流言像瘟疫般在斗六城外方圓數百里的村莊裡散布，迅速地發生了離奇的效應。陸續有許多散餘的叛黨頭子前來輸誠，並表示對戴潮春的行徑頗不以為然。

「提督大人，我們都是為了家中的壯丁被戴潮春擄去充軍，不得已才投靠叛黨的……。」一位前來輸誠的莊長，跪在將軍的面前，泣不成聲地說。

將軍一向瞭解乘勝追擊的用兵之道，也屢屢運用此一策略在昔日的戰役中頻獲戰功。在塗庫駐紮幾些晝夜，見情勢愈來愈可為後，便連夜召開軍機會議，在判明丁曰健的部伍仍停駐於斗六城的西門外，久久由於鄰莊叛黨的騷擾而無法進據城內之後，決定一路從西北往東南方向進擊，沿路一方面收攏來歸的散餘叛莊，同時徹底殲滅拒降的叛黨。

「等明天文明副將的部伍趕來相會後，我們隨即動身，預定在三天之內橫掃林圯埔、內蔡林、頂新等村莊……。」將軍在燭火前凝神地說。

隔日清晨，將軍的部伍開始從駐紮的塗庫出發。滿懷信心的將軍在這一天的戰役中，很快地收復了數個敵莊，情況似乎也比預期中還順利。然而，戰事最怕節外生枝，由於部伍在進據斗六城外形勢最險阨的一個村莊時，遭到叛黨的夜襲，一時之間調度失措，導致方陣大亂，在腹背受敵的情形下傷亡慘重，大軍因而陷於泥濘中，絲毫無法施展攻敵的氣力。

「依下官研判，應盡速將部伍分為十隊，從各方向突圍而出，前往斗六城外會合……。」這個沮喪的夜晚，李密以難得一見的焦急姿態，出現在將軍眼前。

「這麼說來……只好棄下傷重的殘兵了。」將軍對李密的建言，似乎頗為動容。大軍分散之後，果然在叛黨組織鬆散的圍剿下，很快地便突出重圍，並沿路截擊了數個叛莊，讓它們彼此之間失去了聯繫的管道，加速將軍的部伍前往斗六城集結的動作。

斗六城東邊有高山作為天然護壁；北有東螺溪，西南有虎尾溪，而且土城重疊、濠溝又深，對於將軍的軍力部署是一項嚴苛的考驗。在城外集結了兩個晝夜的臺勇，雖以火砲強力攻佔城池，卻久久無法奏效。

「報告將軍，營中陸續傳來糧餉短絀的消息。繼續這樣攻佔下去，恐怕會撐不住……。」親信副將李雲端在將軍巡視營區的半途中，憂心地告訴將軍這項令人感到沮喪的消息。

「嗯——」將軍沉思了半晌，沒有答腔。隔一段時刻後，才勉強抬起頭來說，「那麼，就施展以退為進的計謀罷！」

「將軍的意思是……。」

這一夜，回到軍帳後的將軍，面對手中那面經常顯現命運徵兆的銅鏡，凝視良久……。

次日清晨，天剛破曉，他便召來李雲端，密令通知各軍即刻將部伍拉到城外不遠的甘蔗林裡。「到甘蔗林裡……然後呢？」李雲端一臉困惑地詢問。

「然後，等著我的命令進行反擊……。」將軍滿懷信心地說。

日午過後。天候逐漸陰霾起來，龐大的軍伍在將軍的指揮調度下，幾乎在日落之前，便已深深地掩入密匝匝的甘蔗林裡。之後，將軍遣回來歸的叛黨分子潛入斗六城內，向駐守城內的戴潮春謊稱彰化城裡的林日成回過頭來騷亂，林文察調動兵員返回彰化城平息動亂，城外僅餘數營的阿罩霧兵馬駐守……。

這項消息在斗六城內散布開來之後，戴潮春信以為真，立即率領副將登上城樓觀望敵情。

將軍似乎頗熟悉戴潮春的戰略脾性。就在薄暮低掩時，奉命駐守城外的副將關鎮國於是點燃了營區裡預先堆置好的幾堆柴火，並安排兵勇們牽動著戰馬，在荒野裡高聲吶喊，讓一切顯得慌亂無章……。自然這場景是將軍為戴潮春安排的一齣詭戲。

斗六城的克復，簡單地說，便是以這齣詭戲作為腳本，讓將軍所率帶的臺勇，幾乎不損多少將帥與兵員便殺進敵營的心臟地帶。因為，當戴潮春透過夜色，遠遠地瞧見城外的臺勇亂成一團時，他沒經過大腦再仔細斟酌半晌，便下令副將率帶全城的兵力從太平門衝殺而出。而這時，埋伏的大軍從詭暗的甘蔗林裡包抄而至，恰好將叛黨給一口氣夾殺得片甲不留。

相對於彰化城的制敵不利，將軍在斗六城一役，總算為臺勇和自己扳回面子，然而，勝算不成雙，攻下了城池之後，將軍才赫然發現戴潮春已經見大勢不好，從北城門旁的一條暗徑逃往七十五莊，投靠到移民大戶張三顯家中，尋求保護了。

「將軍，聽說丁曰健已經派副將跟蹤戴潮春的家人和殘餘勢力到張三顯宅地附近了。」李雲端望著沉思中的將軍，這麼說。

「丁曰健的手腳真快，我們剛攻破城門，他便在北城門外舉行誓師大典，向叛黨在城外各莊的散餘勢力宣告斗六城已被官兵攻破。」將軍凝神望著燃燒中的一片瓦簷，語重心長地說，「想想……多高明的招數哩！他說的是官兵而非臺勇。」

「好像這場仗是他打勝似的……。」李雲端扳起他不遜的臉孔。

「對了，這就是他擅長的矇混之計，好幾回都佔了我的便宜。」將軍繼續說，「現在，他又搶在我之前施展擒賊先擒王的計謀了！」

將軍雖然對丁氏的計策與作為深深地感到厭惡，卻也在一時之間尋思不出適切的對策。而此時，丁曰健的副將已經率領一支精銳隊伍將張三顯的家宅給緊緊地包圍起來。

「現在，就等著你親自將逆賊戴潮春給綁送到斗六城，交給道臺大人丁曰健了。」丁曰健的副將在接見前來試探朝官態度的張三顯時，明白地表達了他的意見，就這樣烽火遍燃全臺的戴潮春亂事，就在移民大戶不得不為的情況下，悄然落幕了。

事實上，當戴潮春在張三顯的陪同下，親往斗六城向丁曰健自首時，將軍也以受降副座的身分，在丁氏的邀約下，端坐在北城門側旁一間媽祖廟臨時布置而成的公堂上。

「你就是逆賊戴潮春……在本道臺面前還不跪下。」丁曰健盛怒中，指斥著堂下的戴潮春說。

「對的。我就是戴潮春，但並不是你們稱說的『逆賊』，我有名有姓……而且造反都是我一人的主意，和任何人都沒關聯……。」戴潮春望著媽祖廟簷外逐漸灰暗下來的天色，漠然地側著立身。

「你這不知死活的匪徒，還嘴巴硬，來人，拖出去斬了……。」丁曰健的這項舉動，引起在場將帥與官兵們一陣子騷動與嘩然。

「丁道臺，您此話當真？按朝廷慣例，叛賊得解赴京城，進行詳細的偵察後，才問斬的，您應該知道……。」將軍聽聞丁曰健要斬人，立即表達了嚴重的關切。

將軍其實打從心底明白丁曰健的這項行斬，雖抗逆朝廷的天規，卻有其背後的用意。他想藉此迅即處決戴潮春，以免來日在京問審時，戴氏見大勢已去供出整個臺勇用計攻城的始末，這對於他在朝官與皇帝眼中的位置，勢將大打折扣。

戴潮春在斗六城內被斬殺的消息，很快地在臺灣南、北傳播開來。當這項消息從斗六城傳到竹塹城時，人們聽到的說法是「叛黨抗命，因而被道臺當堂下令行斬……。」但，當相同的一樁事件從竹塹流傳到淡水城時，卻演變成「叛黨抗命，道臺為免餘黨聚眾滋亂，痛下決心下令斬首。」

總之，無論流言的演變何等令將軍感到驚心動魄，丁曰健的確透過散布流言，進一步鞏固了他在府城的道臺職位。而後，他見大局已經掌握手中，便也決定將大軍一路經由嘉義拉回府城……。

「這一刻，我終於體會到將軍過去常在左宗棠大人面前提及文官應負文責，武將應負武責是何等語重心長的建言！」臨回府城前，丁曰健特別前來向將軍辭行，留下這麼一席看似平易卻充滿詭機的話語。

丁曰健跨騎在馬上的背影，緩緩地從城門前離去時，將軍從軍舍裡的一扇窗口，遠遠地望見遠空上飄過的一朶烏雲，恰好遮去灑在丁氏身上的日光。現在無論在民間、軍伍，或者偶在朝廷中都流傳著一種說法：「丁道臺能文允武，在彰化城立戰功後又斬殺戴潮春。如今功成名退，稱得上是清官廉將啊！」

這樣的說法聽在將軍的耳裡，當然不是很舒服的事情。因為，稍稍知情的人都明白，道臺這麼一走等於將功名都一齊帶回府城去，留下來的殘局卻還是得由武將們去收拾。

儘管將軍知道斬殺戴潮春後，殘餘的叛黨勢力將陸續自行瓦解；同時，這以後剿殺亂黨的行動也勢將由於丁曰健已將功名帶走，難以再享有有任何平亂的功績可言了。但是，對於聚亂於四張犁的林晟，將軍仍懷恨在心，誓言非焚其屍骨，刮其骨肉不可。因為林晟非止圍攻過阿罩霧，而且還曾掘林氏祖墳並燒焚屍骨……。「此仇不報，還稱得上是出身阿罩霧的武將嗎？」將軍在誓師攻打林晟叛黨的大會上，這麼直截了當地宣洩出他的心情。

四塊厝有緊密的竹圍做天然屏障，林晟並在城內安置數門巨砲，對來攻的臺勇而言，堪稱一場硬仗。

硬仗當前，且將軍又急於洗雪林晟毀燒祖墳的前恥。面對即將到來的戰局，除了從斗六城運來千斤巨砲圍攻之外，並先行安排水師提督攻小埔心陳弄，派游擊李朝安進剿北勢湳洪欉，藉此將援救軍力給一舉殲除。而後，再與文明胞弟合力會攻四張犁。

攻勢展開的頭一天，只聽砲聲隆隆猛烈地轟向四張犁的竹圍，將錯綜纏繞的竹牆連根擊燬。但，攻勢雖猛，林晟仍以其在城內的火砲擊退數波進佔的臺勇。最後，將軍從親信間組成一支五人小組的敢死隊，趁夜潛入轟毀的竹林裡，以泥土將火砲的砲口給牢牢地塞堵……。隔日清晨，就在將軍的親自率領下，五百名臺勇才通過由先遣部伍冒死搭架起來的板條，越過濠溝，攻進四張犁。

將軍第一腳踩進四張犁的敵陣時，便放眼四處搜尋林晟。就在邊殺敵、邊找尋林晟的當下，突然從後街傳來一聲轟然巨響，將軍趨向前去，發現一棟宅院被事先安置好的火藥炸得面目全非，僅剩斷樑與殘瓦碎落滿地。副將李雲端這才在一片瓦礫堆間翻出林晟燒得焦黑一片的屍身。

「面對四張犁戰役的連戰速決，臺勇善戰固是重要原因。回過頭來想想看，最主要的關鍵在於少去丁曰健的干擾，我們的戰事便無往不利。」將軍在評估戰情時，向李雲端道出了他內心的感受。

征戰總是一場漫漫長長的逆旅。從家鄉出發前往閩、浙討剿太平軍，又從閩、浙回返臺灣剿平亂事。這其間的殺伐，有時是奏捷，有時是挫敗，有時則是功敗垂成。但無論如何總是將軍無可選擇的一趟逆旅。一直要到四張犁這一仗見到了林晟的屍骨時，將軍才頭一回打從肺腑深處感受到離鄉的寂寞。

「我想家了……。」從四張犁被火砲擊碎的殘垣間牽著戰馬走出城時，將軍以低沉的嗓門對一旁的文明胞弟說。

將軍決定回返家鄉。這對營中數千名的臺勇而言，都是值得慶幸的事。因為，這至少意味著休兵的日子到來了！

煙硝與烽火好似隨著將軍的返鄉而逐漸遠離。但這也只是置身返鄉探親情境中的人，某種假想中的遠景罷了！因為，就在將軍回返到阿罩霧家宅後，赴府城就職的丁曰健陸續透過他道臺的身分，致函巡撫徐宗幹，抨擊將軍的種種罪狀。

這一天的日暮時分，將軍坐在家門前溪水淙淙流淌的堤岸上，望著彤紅的遠天，一張顯得疲憊不堪的臉於是墜入憂思的情狀中。

「丁曰健的密函中到底說了些什麼？」將軍詢問著遠從唐山趕回來通風報信的軍探。

「在江、浙巡撫的衙門裡盛傳將再度調動臺勇前往唐山的傳聞，」通報訊息的軍探說道。據他表示丁道臺指稱將軍的三項罪行，分別是刻意遲緩調兵行動，如在彰化城裡安坐十天，才出城剿亂，顯然是想瓜分攻佔彰化的戰績；而後是在攻克斗六城之前，未曾移報軍情，分明想獨佔功績，最後又說將軍以招撫的手段平亂，來日恐將結合亂黨，自行舉亂……。」

單憑這三項罪狀，就足以讓將軍再陷官場是非的重圍了。

這以後不到數天的時間，將軍便在阿罩霧家中收到巡撫的咨文要他立即整軍內渡，平息省內新興的亂事。湊巧的是，沒想就在將軍接到咨文的同一天，彰化城再度傳來亂事。

「彰化城裡城外都傳來叛亂的噩耗。」陣前副將李雲端報告說，「嘉義縣的張純治勾結彰化海口的廖傳，正準備起亂；還有，逃往埔里番社躲藏的洪欉，因為熟識番語，難以破其勢力。」

「好罷！整頓兵勇，由你帶一路人馬征剿彰化城外的騷動……。」將軍語氣果決地說，「再由文明胞弟帶家中丁勇，從家裡後山抄水徑，一路募集內山屯丁，突襲據守龜仔頭隘口的洪欉。」

「將軍，那您呢？這一回不親自督軍了嗎？」李雲端問。

「我得先將險阨的情勢報給徐巡撫，說明為何須暫緩內渡……。另外，我帶部分兵力進駐到北斗，與曾元福的部隊會攻小埔心的陳弄。」

阿罩霧林家的臺勇兵分三路，再度披甲上陣剿滅殘餘的亂黨，這距離上一回攻破斗六城的戰役，也只不過是十天的時間。將軍的馬騎經過烽火襲奪的村莊，抵達北斗時，他望見光天化日下的一處榕蔭底飄散出陣陣濃烈的煙霧。他跨下馬來，好奇地走進如霧般的煙陣中，這才發現一場跳鍾馗的法事在煙霧中舉行。他隔著一段短短的距離，凝視著在茫霧中喃喃有辭地踏著陣式的道士，心中忽然興起難以言語形容的蒼茫之感……。

當眼前的陣陣濃霧在風襲下漸漸散去之後，將軍這才發現他正站在千百名臺勇的最前端，前一刻在跳鍾馗儀式中顫著步陣的道士，現在已顫著身子跪在將軍的面前。

「將軍，您大人饒命。我只不過受村人委託，在這裡舉行驅邪的儀式罷了！」道士說。

「為什麼選擇這個時刻做法事呢？」將軍不解地詢問。

「從彰化城至斗六城，一路殺氣騰騰……冤魂在鎮街上哀嚎游走，貧道有生以來，沒見過如此深重的邪氣。」道士垂下他滿布皺痕的一張臉，泣聲訴說著。

將軍聽道士這麼一說，調頭騎上馬背。只微微向親信侍衛打了個眼色，便帶著大軍繞過下跪著的道士身旁，朝向小埔心的方向行軍而去。

「就算冤魂的邪氣再重，也比不過文官的邪氣……」，將軍在小埔心莊外營構工事時，突而有感而發地向一位從家鄉來投靠臺勇的老佃戶說。

攻佔小埔心的戰役雖未耗損大量兵員，卻頗為耗時。將軍在莊外的營寨裡坐鎮了二天二夜，還是無法如預期中取下方圓僅數里大小的村莊。

「如果以火砲轟不下城寨旁密植的竹林，就改以引水灌注的戰法，將整個莊子淹了……。」在聽到手下戰將羅冠免不幸陣亡的噩耗之後，將軍終於露出不耐煩的神色……。

小埔心之役贏得並不如想像中容易。相同地，被將軍派往彰化及埔里平亂的部伍，也不見得就較為順利。特別是彰化城內外以張三顯為首的一股叛黨，結合陳鯓、楊金環的勢力，在城內外散播唐山內地太平軍亂事如火燎原，林文察已經率大軍內渡的謠言，導致亂黨們又躍躍欲試地在各莊裡煽風點火。

將軍聽聞軍探的戰情報告後，立即通告文明胞弟從埔里內山回返，前往鹿港與候渡的精兵會合，而後再一起前往彰化平息亂事。沒想，將軍的兵馬剛離開北斗不久後，又有消息傳來駐守北斗的臺勇，因為人力懸殊，再遭叛黨的圍攻。於是當夜四更，將軍將陣勢一轉，又回頭來剿平突起的亂事。

就這樣，疲於奔命的將軍，像一陣疾風般在彰化與斗六城附近的星野上來回馳騁。最後，才終於會合各方人馬，進了彰化城搜獲叛黨並將之斬首示眾。這以後，雖然仍有叛黨兵分各路進犯各城門卻都在將軍的運籌帷幄下，給接連一路地擊潰了！

但在彰化城內，將軍並無法因大抵收拾完叛黨的剩餘勢力而高枕無憂。因為他二度收到巡撫催促他即刻準備內渡的咨文，咨文中的一段，並語帶脅迫地寫著莫非將軍另有異心……等的話語。

面對巡撫的一紙咨文，將軍雖感事態嚴峻，卻仍不想就此讓丁曰健坐享平臺之亂的盛名。他找來了文官李密與武將李雲端，共同商議該如何將戰局危殆導致無法即刻還渡的情狀，以文書回報給巡撫。

「我想，在文中應格外強調『虞有變端，未敢內渡，如今處置得宜，方足以保危城。若即內渡，也會面臨餉需早匱的難題』……。」李密以朗讀文書的語氣轉述他的想法。

「嗯！這樣寫自有其道理。但應該舉幾項具體的戰況為例子，會比較有說服力。」將軍深思地說。

「就舉張三顯仍聚黨千餘人，分據在芋仔寮、馬鄰潭、西大墩等莊；而洪欉也尚未投降……。做為叛黨仍有死灰復燃之虞的例子！」在旁的李雲端閃著他一雙慧黠的眼睛，詢問著將軍的意見。

「還有，不妨先派水師提督的部伍內渡，藉以表達將軍對巡撫咨文的重視。」李密補充說。

將軍的報告提到衙門後，可想而知又引發巡撫的不悅，繼續認為將軍有意拖延內渡，藉以伺機在臺擴大勢力。這同時，丁曰健又從府城發密函予徐宗幹巡撫，直接指陳將軍的罪狀之餘，並警示巡撫再不令臺勇內渡，勢將演變成無法收拾的局面。

隔不久，竟連提拔將軍最為有力的左宗棠，也收到丁曰健的稟報，在文中並以極其苛刻的遣辭直陳將軍「剋期內渡，疑有策謀造反之嫌。」

丁曰健給左宗棠的稟報，對於將軍的內渡發生了重大的作用。在左氏發到臺灣的咨文裡，將軍深刻地體會到大人的不安，並自覺若扔拒斥內渡，勢將造成左大人的難題，甚至影響對方在朝廷中的官位……。

「遣散年歲較高的兵勇，僅帶四百名精兵，準備內渡的船隻，三天後，就從鹿港出海……。」將軍帶領龐大的軍伍，從彰化城回返阿罩霧時，他將這項消息轉告給文明胞弟。

「但亂黨的殘餘勢力尚未平息，怎麼處理呢！」文明胞弟顯得有些大惑不解。

「巡撫衙門已命令由丁曰健指揮你在此收拾殘局……。但他已經從府城帶精兵趕來了！」將軍只能垂下頭，漠然地揮著手，示意文明弟不要繼續質問下去。

我夢見一顆又一顆的星子
殞落在宅院的瓦簷上

當將軍內渡的消息在阿罩霧傳開之後，文明胞弟便決定以家族中最為盛大的節慶儀式來為遠行的兄長送行。這項儀式在林家的傳承中其來有自，但通常只在逢年過節時才會舉行。而熟悉林家生活脈絡的鄰里鄉黨都明白，這項儀式的重點便是日午過後的那場大戲。

「聽說文明還準備親自粉墨登場呢！」

在多年以來難能與妻小共進晚餐的盛宴上，將軍聽到妻子懷著某種難掩的振奮，嬌聲地這麼說時，心中不禁興起陣陣如暗潮般的愁緒。因為，這時激湧在他胸中的，除了即將到來的征戰之外，便是那既熟悉卻又有些陌生的思鄉之情。

這些漫長的時日以來，轉戰內地與島內，時而在差些激起思鄉之情時又投入另一番殺伐之中，已幾乎忘了鄉愁是什麼……。真正想要叨念家鄉的人情世故時，卻又被征戰的得失緊緊地攫奪而去……。想到這些，他禁不住紅起了眼眶。

「怎麼了！不想看文明作戲嗎？」妻子問說。

「喔！當然不是。只是想到又要分離，觸景生情罷了！」將軍壓低著他瘖啞的嗓門。

隔日午後，阿罩霧宅第的廣場前湧來成百上千的臺勇及鄉親，一場大戲就要在昂亢的鼓樂與唱腔中登場了。

「兄長即將遠行，且讓做弟弟的唱段小戲，為你送行。」文明在戲臺下，溢著笑容向將軍說。

戲臺上的鑼鼓聲已經喧騰起來。文明轉頭就要登上臺去。突然間，將軍從眼梢的餘光瞟見一張熟絡的身影，正從廣場另一端的廊柱間健步地朝他的方位走近身來。

「大人！丁道臺來訪，說是前來為大人餞行……。」一位家丁領著兩名婢女，匆忙在將軍身後躬下腰身。

「什麼……是他……，怎麼也來了。」文明一聽是丁曰健來訪，粉墨已施的一張臉誇大了驚訝與憤怒交雜的神情。

「有這回事……。」將軍才說完這句話，整個人都還沒能領會過來，一張身著官服的身影，已經出現在他的身前。

「丁大人……您從……從何處大駕……光臨，怎麼不事先通知一聲……好讓……。」將軍心頭一陣慌亂，竟結結巴巴不知該如何是好。

「喔！特地從嘉義縣城趕來給您送行的，請別客氣……一切如尋常就好。」丁曰健語態沉穩地說。

將軍在戲場的鑼鼓喧鬧聲中，慌亂地招呼著臨時闖進家門來的丁曰健。轉個頭，原本期許文明也幫腔說些應付不速之客的門面話，沒想文明頭也不回便登上戲臺，好似沒見到突然來訪的這名惡客。

無論就官場的禮俗或個人的恩怨而言，將軍深知他都該在這種特殊的際遇裡，表現出歡迎道臺來訪的姿態。因為，這就是待客之道，或者更明確地說，就是對待官場對手特別該有的心機，否則難免又將受暗虧的波及。

將軍總算是歷經官場明爭暗鬥的人，雖然他不知已嘗了多少因不諳鬥爭技法而飛來的橫禍。但這一刻，他終於還是在短暫的一陣子驚慌後，換上一張迎接貴客來訪的笑臉，將丁曰健給請到戲臺下的座席上。

丁氏往座席上一坐，側過臉來和林家親族以笑臉寒暄，親族個個尷尬得不知回以笑臉或訝然才好，唯獨將軍的老母戴氏鐵青著臉直盯著戲臺上的文明，一刻都不曾轉過她的臉來。丁曰健的到場，引起戲臺下看戲的臺勇們一陣陣的嘩然；戲臺上，林文明也連連好幾回將一場武將的唱腔唱得荒腔走板。

為將軍送行的這場大戲，就在戲臺下一片交頭接耳的叨絮聲中收了場。丁曰健在眾目的睽視下，毫無遲疑地站起身來，走向戲臺前，面對著不知已經折騰過多少曲折唱腔及身段的林文明，大聲地鼓起掌並朗朗豁笑起來。

「真沒想到戲臺上的林副將，還是一派生猛的作風。」丁氏抽動著他頰上筋肉，縱聲地說。

「作戲的就算再生猛，也逃不過看戲人的心機罷！」林文明直言直語地頂了回去。將軍正想從旁說些客套話，緩和相互的攻詰，沒想丁曰健已經以他道臺高官的身架子，登上戲臺，而後仰起一張笑臉，向在場數以千名計的親族和臺勇喊起話來……。

「……文察兄身為大清王朝的一名武將，從藉藉無名的游擊升到赫赫有名的提督，這齣活生生的臺灣大戲，我丁道臺從唐山看到阿罩霧，還要從阿罩霧繼續看回唐山去。」

將軍向來不信什麼戲如人生的說法。然而，發生在他遠行之前的這齣戲，特別是丁曰健即興登臺的這席演出，卻讓他不得不相信人生其實也只不過是一場精心營造的戲活罷了！因為，無論在臺上或臺下，懂得搶戲的人總是操持著人生的際遇。最重要的是：真心搶戲的人不見得就比虛心搶戲的人還佔上風。

將軍現在站在剛剛整修完的宅院門樓前，和齊聚的親族們一一話別。相較於五年前，他頭一回離家內渡討剿太平軍時的情景，這一回他似乎感覺心情沉重許多。特別是當他將一雙憂忡的眼睛投注到母親身上時，突而便憶起上一回臨別時，母親曾經懷著多麼亢奮的心境鼓舞他回返內地以戰功為家族爭口氣的情景。然而，眼前的情景卻是截然有別於過去。至少，從母親那張憂傷的臉龐上，將軍很難再去感受到任何揚眉吐氣的驕傲。

「如果發現情勢當真危險，或者有任何不可為時，便向左大人說個情罷！請他調你回家鄉來！」尋常幾乎甚少為任何苦痛激動的母親，竟然涕泣了起來。

從阿罩霧往鹿港出海的這一段路上，將軍刻意避開彰化城旁的通徑，主要是深懼打草驚蛇，又讓將熄未熄的叛黨餘燼有復熾的藉口。這一回，將軍僅率帶了四百名兵勇隨行，並且盡量勸慰曾經跟隨自己久戰的鄉黨們，不要再隨他內渡，其中甚至包括密友兼軍師的李密在內。將軍會做出這樣的決定，原因固然由於閩、浙的太平軍亂事已非數年前龐大，另外，也與他似乎隱隱然感到某種不祥之感有關係。

軍伍行抵鹿港，兵馬暫時歇息於文武廟前的石板廣場時，將軍突然和陪他一起巡視軍伍的李雲端憂心忡忡地談起話來！

「這回仍找你來督率眾軍，主要的原因是因為你向來被稱作福將……，而現在的我，當真迫切需要你的福氣來扶持，否則……。」

「將軍，為何這麼說呢？是不是受丁曰健擾亂的影響，才會如此鬱卒呢？」李雲端多少感到將軍的態度有些不尋常。

「不曉得為什麼，我總有一種不祥的感覺。今天早晨在家門前與母親告別時，心頭就『噗通！噗通』的跳了起來……好像是……。」

「將軍，也許是你惦念家鄉而已罷！請不要多慮了！」李雲端截斷將軍的話，停下緩緩踱動的腳步。

的確。將軍的不祥之感非止顯現在他隱密的心頭，就在風帆已經備好在渡口的那個日暮時分，數百頭牲畜的浮屍，腫得像灌滿水汽的皮囊般，擱淺在木船的四周，將出海的航道都給堵塞得臭氣薰天。

「這真是一種不祥的徵兆啊！」將軍皺起深深的眉宇，再次將他心頭的鬱悶傾吐而出。

「請別過慮了。每年這個季節總會有瘴氣發生，死豬死狗就會沿溪河流下來。」李雲端還是扮起了安撫將軍的角色。

那一個夜裡，將軍做了一場離奇的噩夢。他夢見自己站在一處霧起的泥岸上，隔著迷茫的霧色，他瞧見淤塞的泥河裡飄來一具浮腫得變了形的死屍，驚惶中，他再睜眼細看，便也發現竟是自己的屍體浮在一片沼澤上。

隔天清晨，將軍搭上領航的風帆，準備率兵內渡，飄浮水面上的畜屍已經連夜被兵勇們清除乾淨。將軍刻意迴避去想噩夢中駭人的境遇，卻仍然熬不住內心的惶恐，向身旁的副將李雲端訴說起夢中的場景。但，他只輕描淡寫地說：

「昨晚做了一場夢……那夢中的霧色像極了家鄉阿罩霧清晨起霧時的景緻。」

「喔！船還沒航行出海，將軍便開始想家了。一定是動人的霧色罷！」李雲端臆測著說。

如果，人對於相同的旅途，會因為再次的經歷而從陌生變得熟悉，進而感覺距離好似在縮短。那麼，將軍內渡的航程恰恰適得其反，他好像因為熟悉而相反地對這趟征途感到無比遙遠起來。

「這到底是怎麼一回事呢？」將軍沒頭沒腦地默向著自己。他陷在一種孤絕的沉默中。

船隊在海風與浪陣的推湧下，逐漸從鹿港航向海途。無論是將軍的親信或一般的兵勇都多多少少感受到這是一趟沉重的旅程。因為，他們意外地體會到原來將軍的沉默竟是如此地具有感受力，讓兵勇們絲毫沒能鬆懈下疲癱的筋骨。

海途中，將軍利用白天的時間，在船艙裡，將數個月來與巡撫往來的咨文重新閱覽了一遍又一遍；夜裡，他則倚在暗淡的油燈下，細心地讀著李密為他整理好的部分家史的文稿。將軍向來不排斥在家史中添油加醋，甚且認為這是一種較富創意的描述。他有時因而不免便想如果這一生的征戰終將歸於覆滅的結局，那麼，家中的傳人將會如何來描述他的遭遇呢？

將軍如此認真地聯想下去，幾至廢寢忘食，讓親信們都誤以為將軍已經放棄內渡剿亂的念頭。因為，他幾乎絕口不提任何攻防戰略的事情，更別說召開軍機會議了！

「也許將軍是累了罷！他需要休息一陣子。」一位親信這麼向副將李雲端說。

「或許，將軍認為沒必要在顛盪的海途中，討論布署軍機的要務！」另一位親信，以關心的口吻解釋著說。

「也許這都不是理由……將軍只是想家罷了！」李雲端站在夜暗的船航旁，向困惑中的親信這麼說。

這一夜，將軍依舊沒有機會聽到親信們的談話。他在燈下想著種種踏上征途的那一年，親率臺勇從閩江口溯溪而上，先赴延平郡接受旨命，隨即將水師拉往上游的泉頭墩，這其間已經不知讓多少長髮股匪命喪在奔逝而去的溪流裡。而後，他最記得的便是風帆彎進閩江支流的順陽江時，他指揮船上的臺勇以槍砲齊施，轟斃難以計數的敵兵；又生擒了四十多個亂黨，一起在焚毀對方的賊船時讓他們面對著日暮黃昏砍頭正法。

將軍想到這裡，難免感慨良深，因為正是那場江上的戰役，他開始受到朝廷的矚目，而恰也是那時，他踏上了　棘滿布的官場鬥爭之路。然而，無論如何，將軍還是頗為沉緬於征戰的種種記憶，到底這終究是他有生以來唯一足以告慰的志業。如此，將軍又繼續地想起當他率領的臺勇挺向更上游的建陽縣時，他是如何攀上岸邊，衝進亂黨的陣營中，從早上到日午，整座城裡堆疊起來的敵人屍首，少說也有三、四百具。

「喔！對了，還有那賊頭郭萬淙……。」將軍扶一扶在海途中顛盪搖晃的油燈，換了個坐姿，心思澎湃地想起追緝賊頭到邵武縣的上山坊內山時，如何在滿山遍野的荒草間劈砍出一條小徑來，又如何登上絕巖峭壁，以猛烈的火力將郭萬淙給擊斃在懸崖邊。

當然囉！想起郭萬淙便不免也聯想起作亂經年的大盜胡熊。「那一場攻打東板鄉山寨的戰役，如果不是從小便在家鄉習慣於霧茫的話，早就丟了一條小命。」將軍想著，心中感到某種難以言說的悵然。

在回憶過去內渡剿亂的種種事蹟時，將軍最感到欣慰，也最樂意去回顧的其實還不是他善戰而被拔擢時，總督大人曾將親筆寫就的上疏託人讓他過目，表示恩寵之意。疏文中的一段話，將軍始終牢記在心。它寫說：「文察遇賊接仗，身先士卒，涉險窮追，先後擒斬長髮要犯七百餘名，勇冠全軍，所向皆捷。」

是啊！就單憑一張白紙上寫的一段官樣文章，便足以讓一個平常百姓在一夕之間飽嘗功名的滋味。將軍想起疏文中那鏗鏘有致的音韻，情不自禁地熱淚盈眶起來。

「難道是我人近中年，愈發禁不起情緒的起伏了嗎？」將軍這麼一想，念頭又轉了回來，「但是，也單憑一張白紙黑字就足以讓一名武將的血汗功績付諸東流。」想起這些，將軍又陷入晦暗的情境中。

記憶總是讓人擺盪在黎明的光景與夜暗的淪喪之間。對於將軍而言，即便征戰帶給他再多的功名，怕也永遠無法彌補他在功名道途上所受到的傷害。面對記憶中的光景與淪喪，將軍似乎也只能像現在一樣，選擇吹熄船艙中孤懸的油燈，從回想的情境中走出來，在海風襲動的甲板上望著一波波洶湧奔逝的浪潮，讓記憶的歸回給記憶了！

將軍終於從船艙裡踱步出來，雖然夜已過三更，當夜輪班值守的一位副將立即趨身靠向將軍身旁，恭敬地詢問將軍有何重要的差使。然而，夜除了浪潮在激湧中奔盪之外，聽不到任何談話的聲音。隔了約莫有一刻鐘的時間，將軍才向仍然緊候在身旁聽候差使的這名副將問說：

「是不是一個人開始沉緬於過去時，便表示他的未來已經走到了盡頭呢？」將軍這席問話，讓身旁的副將沒頭沒腦地在夜暗中枯立了良久，摸不著頭緒，自然不知該如何回答是好。

那一夜，在甲板上徘徊的將軍，始終沿著黑暗中彷如虛設的一道直線，從這頭走向那頭，又從那頭踱了回來。他成了全船上，甚至整個部伍中最為猶豫的人。「記憶竟然能讓一個人經歷如此巨大的起伏……。」破曉時，望著海面上逐漸浮現出來的陸地，將軍喃喃自語地說。

這個天光淡淡地從遠方的雲層投射下來的清晨，懸掛著臺勇旗幟的船隊即將緩緩駛進閩江口，而後依著巡撫衙門所下達的旨令，溯溪前往閩、浙的交界，再次與太平軍對峙廝殺。

「將軍，先在閩江口岸停歇運補，還是再往前到流沙堡再行運補呢？」副將李雲端精神奕奕地望著臉露倦容的將軍。

「不!直接將船隊駛往江山城……。」將軍凝練起他疲憊的一雙眼睛,篤定地說。

「但……將軍,江山城不在我們征剿太平軍的沿線上……我們得繞過一圈大彎,再折轉回來!」李雲端大感不解地辯稱起來。

「別說了……照我的話去做就對了。」將軍有些不悅地說。

風帆從閩江口到流沙堡需要一天一夜的時間,原本在李雲端的想法中,從流沙堡往泉州之後,部伍便登岸前往福州與官兵會合,一起商討剿滅活躍於閩、浙邊境的太平軍。沒想,將軍竟然突發奇想要將部伍移往江山城。

從閩江口到江山城,據過去臺勇討剿太平軍時的經驗,得至少越過三處激流險峻的峽谷,再攀越一道蜿蜒的山徑,至少也得花上三天三夜的行程。最令李雲端納悶的是:「那裡又沒亂事發生,為什麼要去呢?」

「難道你們都忘了嗎?我們就是在江山城一役解了左大人的困圍……。」將軍在當日的軍機會議上,以極其嚴肅的口吻訓誡和李雲端一般感到困惑的幾名陣前副將。沉思良久,將軍才又說,「也是丁曰健的暗殺計謀差些得逞的一回……。」

將軍果然在頻頻回首時,沉溺於彌補舊痕的處境裡。在副將們開完軍機會議後的私下晤談中，幾乎一致地認為：將軍陷在記憶的得失中，無法自拔。

「這一回，我們不是在為官府平亂，而是在打將軍心頭那場無法弭平的仗。」服侍將軍已有一段時日的一位副將，撫著腮幫上的鬍渣，若有所思地說。

儘管對於熟悉航程的臺勇船隊來說，鋪展在眼前的並非一次陌生的旅途。然而，冬日裡愈來愈為惡劣的霜寒，以及早為兵勇們所預料到的激流、險灘和不穩定的渦流，卻讓所有溯溪而上的將官和兵勇們飽嘗了天然的險阻。在歷經了多次險些就蒙難的危急之後，許多原本就對這回內渡剿亂持有異議的臺勇，開始在索寞的航行中發表厭戰的談話，甚至因而在幾次集合發放果飢飯團的場合裡，與帶兵的小隊長發生衝突。

「不是說好速戰速決，就可以回臺灣的嗎？這樣拖下去，到底要帶我們到哪裡？」一位脾氣暴躁的兵勇，腕起粗壯的手臂，怒不可遏地指著小隊長的鼻尖。

「你問我……我問誰啊！」小隊長毫不示弱地頂回去。

當險惡的客觀環境與當事人焦躁的性子一起在空間封閉的船上發酵時，航行便變得異常曲折起來。

將軍也打從心底明白，這趟重訪江山城的航程，非止親信李雲端不表贊成，就連平常一向依命行事，從來對任何命令不表意見的幾位副將，也間接地以冷漠的態度執行著各自的任務。更何況，直到目前為止，他根本未接獲臺灣道臺或巡撫衙門發放下來的軍餉，這自然也是造成兵勇們對拖長征途深感不滿的主要原因。

就這樣，將軍連在顛盪的航行中打盹時，都會從兵變的噩夢邊緣冒著冷汗抖醒過來。當他晃著沉沉的腦袋，一眼便望見李雲端還是站在船舷漠然地背對著他時，一種無奈的感覺總會油然浮現在心頭。

「這真是一條寂寞的征途啊！」好幾回將軍都在心頭這麼嘀咕著。

這一天，日午的陽光被高聳的峽壁遮掩而去時，將軍在鬱悶中聽到湍急的河水洶湧澎湃地衝向崖壁後發出轟隆隆的響聲。他剎那間感覺自己又回到昔日的歲月裡，記憶像激盪的水流般，忽地湧向他的眼前。「到了！我們終於到達了！」他這麼對身旁的李雲端說。

在往後的日子裡，當李雲端和阿罩霧林家的親族談起這段閱歷時，都會以一種難以思議的眼光惑問著聽他講話的對象。「為什麼呢？我實在無法明白為什麼將軍要到江山城憑弔已經消失的記憶。」

的確。當船隊在江山城的渡口靠岸時，頭一眼映入將軍眼簾的景物，便是之前解圍之役時，左宗棠大人高高站之的樓堡。而將軍也就是沿著這一道視線，帶領著四百多位滿腹怨言的將官與兵勇，一步一步地走向城裡。而問題也就出現在遠遠地仰望和近近地勘察時所發生的誤差。當帶隊在前的李雲端走近城門時，察覺城裡似乎掩藏著詭機，連忙差人回過頭來通知將軍，暫緩前行。原來李雲端赫然發現城垣四周似乎毫無人跡，可能有太平軍埋伏在裡頭。待他進城仔細搜尋之後，才放心地讓將軍率領兵勇進到城池中。

如果說蕭條這兩個字足以形容江山城的景象；那麼，將軍在踏進城時的心情可能就不是寂寞兩個字能形容的了！眼前的城下，除了傾圮的朽簷毀樑之外，幾乎見不到任何未經風雨蝕壞的屋宇與廊柱，就更不用說人跡與炊煙了！

「將軍，我們來到一座鬼城……。」

船隊冒著嚴冬的霜雨，從江山城的口岸駛離後，一路上，除了激盪的波濤聲翻滾在惡劣的天候底下外，將軍的耳際不斷回響起的便是副將李雲端的這席話。

其實，在征戰的道途中歷經艱險的將軍，光是在閩、浙討剿太平軍的一年半載中便不知闖越過多少被烽火蹂躪的城池。每回，當他的馬騎緩緩行過傾圮的城樓時，他總會抬起頭來，望一望斷裂在城垣上的敵軍旗幟，而後轉身向一旁的副將，語帶調侃地說：

「豎旗容易，要作亂的話，便非得有幾千面旗隨時準備被焚毀才行！」

通常，在說完這席話以後，將軍便會習慣地從馬鞍上墊起身來，好似在對傾圮的城池做最後的憑弔。而後，就在他還沒說出「燒了它，以免留下後患……」時，副將們已經通令一支隊伍燃起火把，準備將城池給一把火燒得精光了。

然而，這一刻航行在寒風惡浪前的將軍，卻再怎麼說服自己，也無從認定江山城也只不過是自己曾經焚毀的數百座城池之一。他耿耿於懷，他不斷地回想起那場解圍的戰役中，如何衝破如蝗蟲般壓境而來的敵陣，終而一舉將圍城的太平軍給擊潰，進而拯救了在城中陷入病危的左大人。「如果，不是用計得當，江山城還保得住嗎？」將軍數度坐在船桅下的指揮臺上，皺起濃眉，將他的憂思一股腦地傾吐給副將李雲端。

江山城畢竟沒能歷經烽火的輾轉流竄，依舊存留於將軍的腦海中。更形令將軍感到沮喪的是：如今斷裂在城垣上的軍旗，既不是太平軍的黃旗，也不是故鄉亂黨的紅旗，而是自己熟悉的總督衙府的旗幟。

「總督大人率軍回返衛府後，駐守城內的將官便一個接連一個死於熱病……。城內守兵陷於惶恐中，又有大批兵員感染瘟疫病死……。最後，僅存的散兵游勇紛紛棄械逃離城外……僅剩一座空城。」

船隊駛離江山城，在一處渡口歇息補糧時，將軍從一位在岸邊販賣雜碎的攤販口中，得知這項令他震驚的消息。「將軍，不知道這項遠近皆知的消息嗎？」攤販訝異地惑問陷入懊惱中的將軍。

「至少，總督大人沒託人告訴過我……。」

「人們都說江山城是座鬼城，就連太平軍也不敢來佔領。」攤販望著將軍，驚惶地說。

雖然將軍不甚願意承認江山城之行是一趟不祥的航程，他卻無法不去面對接踵而至傳來的噩耗。就在船行到大江的折轉口時，他首先聽聞陣將來報，已經有五位曾經在江山城喝過泉水的兵勇，在上吐下瀉後死於熱病。「據說他們死前都不約而同說自己看到了一座鬼城。」陣將繪聲繪影地向將軍報告說。

這以後，在愈來愈是艱困的航程中，將軍除了頂著風寒親眼目睹身旁的一位親信侍衛因深受瘟疫感染的謠言所困而投江自盡外，還陸續接獲船隊中傳出叛逃的消息。「他們一遇有民家的風帆航行經過，便縱身入江，結夥劫了船，划向江岸就逃了……。」來報的副將這麼說。

軍紀愈來愈糟，將軍深深陷入愁城中。他老是感覺像航行在一段重覆的航程中，繞著一座橢圓形的城池，周而復始地在水流中馳行。最後，他終於在不斷幻想著自己仍身處在鬼城的情境下，決定將部伍開往最近的渡口登岸。「準備登岸，我們改以陸路進剿敵軍。」將軍對李雲端施以指令時，一雙凹陷的眼珠仍映現著江山城魅影幢幢的景象。

船隊花費了一整個日午才在江岸邊完成靠岸的手續。當兵勇們拖著稍顯疲憊的身軀在岸邊毫無目的地遊盪著時，將軍心中突然湧起陣陣的頹喪感，因為浮現眼前的景況是：毫無作戰經驗的家鄉子弟兵們穿梭在一群群厭戰的老臺勇中間。

事實勝於雄辯。就算將軍再怎麼迴避，也無法從頹喪的陰影中脫離開來，他必須隨時去面對兵勇已大不如從前的事實，他還得時時提醒自己戰事可能就發生在下一個時辰。最要命的是：他始終不曉得該如何說服自己去到的江山城並不是一座鬼城。

就在一切陷於膠著的狀態底下時，將軍接到總督的飛檄，要他立即趕往漳州城圍剿據城為王的太平軍悍將李世賢。當時，陷陣於首都天京城內的太平天國首領洪秀全，年前親自督命李秀成派李世賢出京城，往奧、閩一帶擄取兵糧，再回城救援。不到數個月時間，李世賢所率帶的軍伍已經盤據包括漳州城在內的數個重要據點。

「這一仗，非得將李世賢趕出漳州城不可……。」將軍在率軍從渡口往漳州城外的據點布陣時，信心十足地這麼告訴親信副將李雲端。

「將軍，不瞞您說，從離開江山城之後，部伍的軍心渙散。」李雲端挽起他的臂袖，語重心長地說，「可能需要重作調整，才適合再度上戰場……。」

「有這回事……。」

即便將軍費盡心思裝作驚訝的模樣，一旁的李雲端卻一眼便瞧出對方的心事。此時此刻，將軍似乎變成了一個情緒異常焦烈的中年男人，他打從心底明白部伍渙散是不爭的事實，卻再怎麼樣也不願去承認。「是什麼原因呢？」將軍絲毫不減他的銳氣，顫抖著嗓門問說，「難道都中了鬼魔了嗎？」

李雲端可以很清楚地辨識將軍輾轉反覆的心思，就如同辨識著他額角上一道又一道浮現起來的青筋所傳達出來的繁複情緒。然而，他還是耐下性子來，以冷靜的口吻告知對方，軍心渙散的主要原因還是來自於軍餉問題遲遲未解決所致。

「軍餉問題！」將軍瞪大了他怒視的一雙眼睛，「我比大家更擔心呀！這能怪我嗎？還不是丁曰健在臺灣搞鬼，連連以咨文通告巡撫他急需餉銀，可暫延發軍餉給臺勇。」

將軍踱步繞到李雲端的身後，耐不住燃在胸頭的怒火。他接著啐了一口說，「竟然還向巡撫通風報信……說什麼臺勇多為烏合之眾，若沒打勝仗便給餉，難免見了錢便眼開，個個溜回到臺灣家鄉去。」

將軍的大隊人馬在精神不濟的情況下，勉勉強強沿著濱岸馳抵漳州府城外的一座不算太小的城裡。「就讓我們以此為據點，展開攻城的準備事務罷！」將軍語帶懇切卻有些疲憊地說。

「是這樣嗎？將軍，您確定嗎？」李雲端仍然不放棄他質疑的立場，殷切地詢問著說。

「還懷疑什麼……你不相信我對軍機的判斷嗎？」將軍登上城樓的石階時，很不高興地回過頭來望著愣在階下的副將。

當夜，將軍睜著他布滿血絲的雙眼，在城樓右側一棟石砌的房舍裡不聲不響地呆坐了好幾個時辰。等他將房裡的燭火點燃起來時，都已經是子夜三更了。他嘗試閉上眼睛，坐在輕輕搖曳的燭火前歇息片刻，卻再怎麼樣也無法稍稍入睡。他感覺到某種強烈卻又無從解釋的不安，像是爬滿胸膛的蟻蟲般，在他的心田裡蠕動著、騷擾著。他站起身來，也不知怎麼搞地，總感覺身後不斷地閃過一張又一張不斷變換形貌的暗影。他憂心忡忡地坐回桌前，這才突然間想到已經有很久一段時日沒去翻閱家史了。這一個令人難以入眠的夜晚，將軍出乎自己意料地將手邊的家史，從頭到尾仔仔細細地翻閱了一遍，絲毫不感到任何的困倦。

從夜深到天將破曉，將軍只對自己說了一句話：「難道我的命運只是阿罩霧林家命運的一個縮影嗎？」

破曉時分，天邊的頭一道晨曦從城樓映現到竹窗前時，將軍的背影動也不動地挺坐在行將燒盡的一支蠟燭前，他將手邊的家史挪開到桌角的一側，而後，不動任何聲色地將擱在戰袍衣袖裡的一張漳州府誌的地形圖給掏了出來。有約莫半個時辰的光陰，他只是安靜地坐在桌前，牢牢盯著晨光下愈來愈為晰亮起來的地圖。他似乎用自己敏銳的心思在地圖上度量著這個小城到漳州城的距離。他發現其間隔著幾條密密匝匝交錯著分布的河川，還有一座尖聳的大山。他想著：明天率兵勇渡河之後，便繞道曲折的山徑，再從東、西兩側門樓攻進城去。他振奮地站起身來，耳邊突然間就響起昨夜李雲端的話來……。「將軍，您確定嗎？」

「是的。我很確定。」將軍只這麼簡單地自顧自應了一聲，便從坐椅上立起身來，走出城樓去。那一天，他只花了約莫半天的時間，便將攻城事宜給設定下來。他開始安排陣前軍探前去通知已在各方據守的救援部伍，約定明日立即展開攻剿行動，最遲在三天之後便調集周遭的水陸各師，如期攻下漳州城。

三天之後的日暮時分，將軍終於垂頭喪氣地穿行在一具又一具的人屍與馬屍中間。他從斷裂的一根根旗桿上發現噴濺開來的　血，在經過一天的日曬後已經凝固成斑駁的血塊。往前望去，飛揚的塵砂在日暮的低掩下，顯得格外蒼涼。恍惚中，他似乎聽見兵勇們裂聲嘶嚎的哀慟聲。往前穿行在屍首之間，將軍只感覺一陣子的暈眩，而後，他彷彿聽見身後傳來陣陣索命似的哭嚎聲——「將軍，我們要回家……我們要回臺灣去……帶我們回去罷！」回過頭來，聲音消失於荒漠中。整座偌大的荒山，除了他垂頭喪志的身影之外，就再也看不到任何活著的身軀了！

「將軍——將軍——快請回營……。」副將李雲端率帶著一批精銳的親信，從山野的一處坡地現出身來時，將軍已經緩緩地走回他的戰馬旁了。

「將軍，」李雲端躍馬奔馳到將軍身前，一個箭步跪落下來，「將軍，你怎麼自己跑到這裡來了呢！害我們四處尋找……。」

「什麼事！」將軍的語言變得愈來愈為簡短時，好像就連滿山遍野的屍骨都能感受到他焦亂的心緒。

「太平軍在北城門口的法清寺集結，隨時打算攻打過來。請將軍即刻回營安排防衛事宜。」李雲端上氣不接下氣地喘息著說。

這一夜，將軍在眾幕僚的勸說下，失了魂似地率帶殘剩的千餘名臺勇，摸著暗黑抄小徑，從駐紮的營地一路退往地形險阨的萬松關。

萬松關在群山環繞中。從一條蜿蜒曲折的山徑往上攀爬，最盡頭的地方聳立著一座亭臺。將軍吩咐眾兵勇在幾名副將的帶領下，分批駐紮到松林茂盛的野地裡。「還有多少軍糧，能夠撐多久呢？」在隔日清晨的軍機會議上，將軍只問了副將們這句話。這以後的一整天裡，他都不發一語地陷入沉悶的困思中。

時間對於任何陷入困頓狀態的人而言，都是一項巨大的挑戰，將軍自然也無法自外於這樣的情境。幾乎有一天一夜的時間，將軍都一直待在萬松關崖頂的那座亭臺裡，好幾回，當副將們輪番登上亭臺詢問將軍對於如何脫困有何計策時，都不約而同地聽見深重的嘆息聲，挾雜在陣陣起伏的波濤聲中，在空曠的亭臺裡迴繞低盪著。

很顯然地，將軍並不打算從萬松關脫困而出。只是，當眾副將們以殷切的口吻詢問他何去何從時，他也沒明確指示如何因應不斷從漳州府傳來的關於太平軍已經出城的消息。

時間拖過七天七夜。包括眾副將在內的千餘名兵勇已經感到萬分的不耐。這對原本就已形潰散，更在漳州城一役狠狠地吃了一頓敗仗的臺勇們，簡直難以用雪上加霜這樣的成語便足以形容其軍容狼狽的狀態。

「放手一搏，或許我們還能殺出一條血路來！」第八天的夜裡，皎潔的月光懸在萬松關的山頂崖壁上，將軍站在亭臺靠海的一側，兀自對著藍澄澄的夜海，這麼自語著。

當將軍說這席話時，他彷彿隔著一望無際的海平面，遠遠地望見一艘在巨浪中湧動的大船。他心裡頭明白，那條浮盪在遠洋上的大船便是臺灣，而他日日夜夜牽繫的家鄉——阿罩霧，就在大船的腹側生息著。當然，在這樣的剎那間，他難免又會聯想起先祖經常與他提及的原鄉祖居地。

想到祖居地，他的心情不免是一番徹骨的絞痛，因為，現在他就站在距離祖居地僅僅數十里外的山崖上，卻必須去擔心此生怕永遠再也無法回祖居地去探望片刻了！

將軍的確再也沒能回去探望祖居地。浮盪在海上的那條大船也終將成為他遙遠的懸念。數以萬計的太平軍終於將萬松關牢牢地封鎖起來時，將軍穿著他那身披在身上已有十來年之久的戰袍，親眼目睹另一場血流成河的戰事在山腳下發生。

他在亭臺外的一顆巨石上佇立良久，仰天長嘯，聲淚俱落地呼喊著。據參與過該場戰役的太平軍日後形容，將軍像是在對一具具不著影的鬼魂發出淒厲的冤鳴聲。事隔多年以後，有人因而繪聲繪影地傳話說，那一刻，將軍想必在和先祖的鬼魂做最後的道別。不管如何，在那一刻過後，有人說是他親眼目睹將軍穿著戰袍從山頂騎著戰馬衝殺下山，卻不幸被一支從背後射來的冷箭射中要害，當場落馬身亡。也有人說，射中將軍要害的並不是冷箭，而是他自己最為熟知善用的火繩槍。還有人傳聞，將軍在亭臺上被衝圍上山的太平軍所擄獲。被捕後的將軍，由於不願接受敵將李世賢的勸降，被試以毒刑，然而他仍然不屈，最後被捲在一捆棉絮中，裹上布帛，灌油其上點火將他給活活燒死。

將軍命喪的傳聞雖多，卻永遠無法解釋為何沒人能尋獲他的屍骨。據說在他喪命的那個夜晚，在阿罩霧家中，他年邁的母親做了一樁離奇的夢。夢中有一顆閃亮的流星忽地從夜空降落，而後便殞落在宅院的簷瓦上。

▲宮保第前倒栽榕，傳說有勇敢迎向逆境而欣欣向榮之意。

▶宮保第正門前。

氣韻生動

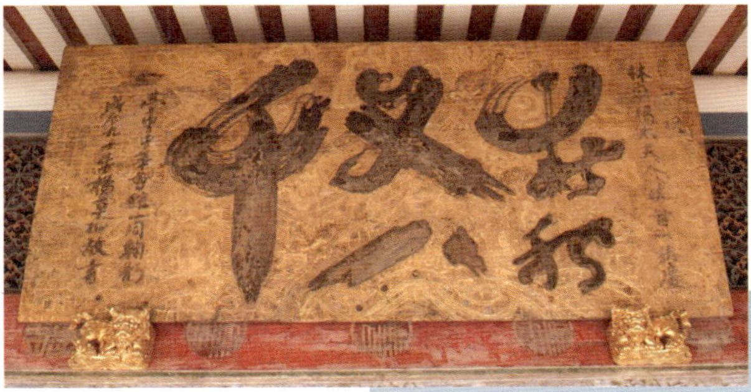

◀宮保第第二落，匾額「春秋又八千」。中華商會會館為霧峰林家林朝棟之妻楊夫人81歲生日祝壽所贈之匾額。

▼宮保第第二落。

▲霧峰林家宮保第園區全景。／攝影 林銘聰

◀大花廳，《阿罩霧將軍》小說中充滿戲劇張力的景點。

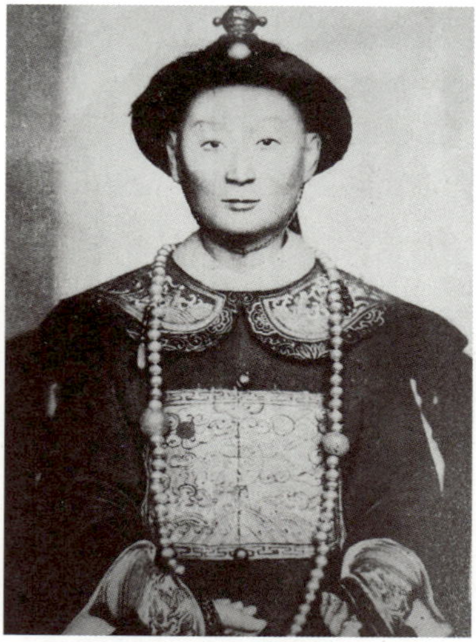

▲林文察，字密卿，霧峰林家第五代的族長，曾協助平定小刀會、戴潮春事件，後於福建漳州萬松關對抗太平軍，最終下落不明。小說中的將軍人物原型。

▲小說中將軍胞另林文明曾在戲臺上粉墨登場，唱戲替將軍送別。

▲大花廳戲臺。小說中林文明登場唱戲，結果與將軍屢有間隙的道臺丁曰健無預警到訪，讓將軍一時措手不及。

◀一新會四週年紀念於大花廳戲臺前合影。

▼大花廳戲臺前廣場，迴廊二樓可供家眷觀賞戲劇。

▲林朝棟，字蔭堂，號又密，為林文察長子，霧峰林家第六代，棟軍主帥，清法戰爭曾協防淡北有功，乙未戰爭後遷至廈門。

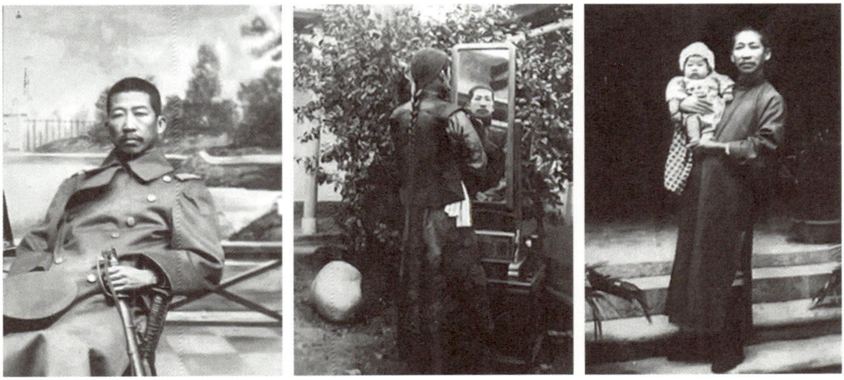

▲左：林資鏗，字季商、號祖密。霧峰林家第七代，1913年遷居中國，加入中華革命黨，組織閩南革命軍，曾任閩南軍司令，後遇刺身亡。

▲中：留有長辮的林祖密自照長鏡，小說中將軍曾從一老漢手中獲得一只古銅鏡，此鏡也每每映照牽動著將軍似幻似真的命運。

▲右：林祖密懷抱兒孫輩。

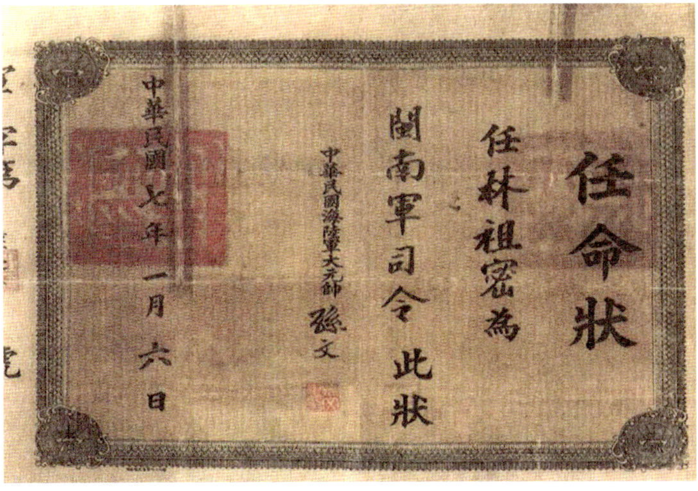

任命狀

任林祖密為

閩南軍司令 此狀

中華民國海陸軍大元帥 孫文

中華民國七年一月六日

▲林祖密之閩軍司令任命狀。

晨星文學館076

阿罩霧將軍

作　　者	鍾　喬
圖　　片	林光輝、林銘聰、胡楠
主　　編	徐惠雅
執行主編	胡文青
校　　對	鍾　喬、徐惠雅、胡文青
美術編輯	黃偵瑜
封面設計	張芷瑄

創 辦 人	陳銘民
發 行 所	晨星出版有限公司 407台中市西屯區工業區三十路1號1樓 TEL：04-23595820　FAX：04-23550581 Email：service@morningstar.com.tw http://www.morningstar.com.tw 行政院新聞局局版台業字第2500號
法律顧問	陳思成律師
二版一刷	西元2025年04月05日
讀者專線	TEL：02-23672044／04-23595819#212 FAX：02-23635741／04-23595493 E-mail: service@morningstar.com.tw
網路書店	http://www.morningstar.com.tw
郵政劃撥	15060393（知己圖書股份有限公司）
印　　刷	上好印刷股份有限公司

定價　390　元

ISBN　978-626-420-081-3

Published by Morning Star Publishing Inc.

Printed in Taiwan

線上回函

國家圖書館出版品預行編目資料

阿罩霧將軍/鍾喬著. -- 二版. -- 臺中市：晨星出版有限公司, 2025.04

面；　公分. -- (晨星文學館；76)

ISBN 978-626-420-081-3(平裝)

1.CST: 臺灣詩 2.CST: 新詩 3.CST: 詩評

863.57　　114002461